MEMORIAS DE UNA REINA OLVIDADA

Itziar Pérez Vallespín

Memorias de una reina olvidada

Primera edición: 2024

ISBN: 9788410410114
ISBN eBook: 9788410410596

© del texto:
 Itziar Pérez Vallespín

© del diseño de esta edición:
 Caligrama, 2024
 www.caligramaeditorial.com
 info@caligramaeditorial.com

Impreso en España – Printed in Spain

A Sofía.
Ella que ha vivido y se ha creado dentro de mí
a la vez que este libro.
Por la ilusión, la motivación y la alegría
que me has hecho sentir
desde que sé que existes.

Índice

«Si la historia se escribiera en forma de cuentos, nunca se olvidaría».

RUDYARD KIPLING

Berenguela de Navarra
Reina de Inglaterra

Ricardo Corazón de León
Rey de Inglaterra

Sancho VII El Fuerte
Rey de Navarra

Blanca
Dinastía Jimena

Leonor de Aquitania
Casa de Poitiers

1
Hechos que lo cambian todo

Tudela, 1995

Javi y su padre, Luis, habían vivido toda la vida en el denominado «barrio» de Tudela. Primero con su madre en una agradable casita con corral a las afueras. Y, tras la muerte de esta, cuando Luis se quedó en paro, ambos se instalaron en un pequeño piso de alquiler que disponía de una única habitación y daba a la plaza de la iglesia. Años después, seguía sin haber superado estos dos duros golpes que le había dado la vida.

El día que comienza nuestra historia, desayunó un vaso de agua, una manzana y un mendrugo de pan sin tostar. Mientras que su hijo, con el estómago lleno, llevaba casi media hora de clase en Matemáticas.

Imaginaos a un hombre de unos cuarenta años, con gafas, alto y delgado, hundido en el sofá. Muy inteligente, sin duda, pero hacía más de dos meses que no se cambiaba de chándal.

Con un resoplido, Luis se dirigió al buzón para recoger la correspondencia. Pues bien, ese momento que nos parece tan corriente era el destinado a cambiar su historia y la de su hijo.

Entre las cartas, Luis no esperaba encontrar mensajes agradables. Ni siquiera cartas personalizadas. Fue abriendo sobre tras sobre, factura tras factura, mientras aumentaba su disgusto.

Cuando la situación parecía más desesperada, ocurrió algo insólito. Abrió un sobre, de manera automática, casi sin mirar el remitente. A sus manos fue a parar una carta manuscrita en un pergamino envejecido, escrito con tinta líquida de pluma.

Se recolocó las gafas, la leyó con el corazón vibrante y, por último, se le resbaló de las manos. Nunca, ni en un millón de años, hubiese podido imaginar aquello.

Casi de un salto se levantó del sofá. Se aseó y se cambió de ropa y esperó a que su hijo saliese de clase para ir a buscarlo. Sin darle explicaciones, le invitó a montarse en el coche.

No era algo que soliesen hacer. Y la hora todavía lo hacía más sorprendente.

—¿Adónde vamos, papá?

—Enseguida lo sabrás.

El chico fue lanzando miradas de asombro a su padre durante todo el trayecto. Pero en ningún momento le insistió para que desvelase el destino. Parecía de muy buen humor. Como hacía tiempo no lo veía.

Aparcaron cerca del centro y recorrieron el casco viejo andando. Se detuvieron frente a la vitrina de un edificio palaciego que destacaba entre los establecimientos de alrededor. Parecía llevar años cerrado, pero eso no significaba que estuviese descuidado. Tenía una puerta colosal de madera, con dos grandes columnas a cada lado, y criaturas fabulosas y esculpidas que poblaban su fachada.

Cuando Javi se asomó a través de una vitrina, vio, a duras penas, retratos de gente importante que habían sido testigos de otra época. Estatuas de mármol, efigies, artesanía, antigüedades que parecían tener cientos de años... Por más que miraba y remiraba, no entendía qué tenía que ver con ellos aquel lugar.

—Papá, ¿dónde me has traído? —preguntó Javi, con un hilo de voz.

—A nuestra nueva casa, hijo —fue la rotunda respuesta de su padre.

2
Castillos en miniatura

Luis abrió con llave el acceso a aquel mágico lugar y ambos se colaron en una gran sala rectangular. Por todas partes había vitrinas repletas de reliquias que resistían al paso del tiempo y brillaban desde la penumbra.

Javi miró a su padre boquiabierto, en espera de una explicación.

—Un museo y ahora nos pertenece. Bueno, en realidad, nos lo tenemos que ganar —dijo como si aquello lo explicara todo.

Javi, que seguía sin comprender, tampoco era capaz de formular preguntas.

—Hace años, en mi juventud —continuó explicándole su padre—, coincidí en el servicio militar con un buen hombre. Por entonces no lo sabía, pero aquel joven poseía tierras y diversos negocios. Lo que no tenía era amigos. Por alguna razón que nunca llegué a comprender, los demás se burlaban de él y le hacían el vacío cada vez que se acercaba al grupo. Sabes que hacer eso no está bien, ¿verdad, hijo? —Javi asintió categórico—. Yo también lo sabía y por eso le traté como se merecía. Como siempre he tratado a mis amigos. Le fui conociendo poco a poco y descubrí a una persona que merecía la pena. Ahora el tiempo me da la razón. Resulta que aquel hombre agradecido se ha puesto en contacto conmigo para que me haga cargo de este museo que lleva años abandonado.

Le faltó decir que desde entonces no se habían vuelto a ver. Y que él era el primer sorprendido con aquello. Le producía cierta curiosidad saber por qué él. Por qué ahora. Pero, sobre todo, quién era, en realidad, aquel magnate poderoso, y cómo había hecho para coleccionar semejantes tesoros.

Javi tenía la boca abierta y al darse cuenta la cerró.

—Vamos a ver el resto. Por ahí hay más salas.

Y tanto que las había. Aquello era mucho más que un museo. También disponía de biblioteca con cientos de libros en distintos idiomas. Y cada sala albergaba una exposición temática.

Por un lado, estaba la sala de armas, donde su padre pasó más tiempo. Había desde espadas hasta cañones, pasando por lanzas y ballestas. Por otro lado, estaba la galería de arte, con cuadros que se conservaban en perfecto estado y otros que se habían ido desdibujando por el paso del tiempo.

Justo estaba pensando en contárselo a sus compañeros, cuando Javi entró en una sala de aspecto tenebroso, y le dio la extraña sensación de que una veintena de ojos de gárgolas y esculturas ennegrecidas de demonios, le seguían con la mirada. Incluso le pareció oír un eco que provenía de no se sabe dónde y una sombra que se movía como con voluntad propia. Salió de allí lo antes posible y siguió explorando el museo.

Se topó con salas cerradas con llave, pero la mayoría estaban abiertas.

Al final del pasillo, Javi descubrió su favorita. Maquetas medievales a escala llenaban la estancia. Se preguntó si en algún momento habrían existido sus réplicas en realidad. Se detuvo a contemplar la de un castillo fortificado construido en piedra. Había miniaturas de soldados en la parte superior de los muros, que estaban en posición de ataque. Aquí y allá, por todo el castillo, había figurines de caballeros y doncellas, vestidas en terciopelo y oro. Incluso disponían de una pequeña casa de siervos, donde el personal desempeñaba diferentes tareas domésticas.

Su padre sonrió ante el asombro de su hijo, que se fijaba en cada detalle.

—Castillo Plantagenet[1] —leyó Javi en voz alta.

Levantó la cabeza y vio una pintura antigua que mostraba una mujer enigmática. Una reina. Al igual que la *Monna Lisa,* parecía mirarle directamente a la cara. «Berenguela de Navarra» ponía en la etiqueta que había debajo de su marco dorado.

Aquel misterioso lugar era un pequeño universo por explorar. Un laberinto de sensaciones e imágenes que se aislaba de lo que conocían. Un rincón escondido, donde se habían tomado la molestia de recuperar siglos de historia, que se habían desvanecido

---

[1]   Apellido de la dinastía reinante en Inglaterra entre 1154 y 1399, que tiene su origen en Francia, en el condado de Anjou.

con el paso del tiempo, y ahora les hechizaba con sus ventanas por descubrir.

—Arriba está la vivienda —le informó su padre—. Me avisó de que necesitaba varios arreglos y de que estaba «algo» descuidada. Pero seguro que nos sentiremos como en casa.

Decir «algo descuidada» era quedarse corto. Más allá de la escalinata de mármol, encontraron una planta superior espaciosa, pero mal distribuida. Había goteras en varias de las habitaciones y no encontraron un solo mueble que no tuviese carcoma. El polvo y un sutil hedor a huevos podridos iban a ser sus nuevos compañeros de vivienda. Y el único aseo que había, anticuado y sucio, parecía más un almacén de trastos que un baño.

Aunque una de las mejores partes de la vivienda-museo era la despensa. Tenía tres estanterías llenas, de arriba abajo, con latas de conservas y otros elementos no perecederos. Y, por último, estaba la cocina, que, aparte de vieja, también era peligrosa. Cuando su padre intentó encender el fuego, una pequeña llamarada creció súbitamente hasta casi acariciarle la nariz.

—Lo tendré en cuenta la próxima vez —dijo, terminando de recuperar el aliento.

Cuando parecía imposible que tuviesen más sorpresas en un mismo día, descubrieron un sobre cerrado, con el sello de su anfitrión, al entrar en el dormitorio principal. Luis lo abrió y, a continuación, leyó su contenido:

Estimado Sr. Luis: (comenzaba la carta)

Aunque hace años que no sabe de mí, yo he seguido de cerca su trayectoria. Me complace en este momento de nuestras vidas poder agradecerle el trato cercano que tuve por su parte.

Instálense, usted y su hijo, y hagan de este lugar su nueva casa. Pueden acceder a cualquier sala, abierta o cerrada, si disponen de la llave. Pero, sobre todo, esfuércense en revivir este magnífico museo que lleva abandonado demasiado tiempo.

Para ello, disponen de un modesto presupuesto que utilizarán para invertirlo en él y como pago por sus servicios.

Confío en su criterio una vez más, pero siento informarles de que disponen del plazo limitado de un año para tal tarea.

Como ustedes mismos descubrirán, no es sencillo hacer llegar la cultura al gran público.

Si pasado un año no han conseguido la visita mínima de trescientas sesenta y cinco personas —una media de visitante por día—, me veré obligado a terminar la misión y cerrar definitivamente el museo.

Atentamente,

Sr. Anchorena

3
Museo abierto

A la salida de clase, Javi, cada día, deseaba regresar al museo para ver los avances que había hecho su padre durante la jornada. Y, cuando lo hacía, siempre se sorprendía y se contagiaba de su entusiasmo por lo bonito que estaba quedando el local.

Luis parecía lanzado. Cuando no limpiaba, organizaba objetos o hacía el inventario. Y por la tarde juntos, padre e hijo, seguían con los preparativos para el evento.

Primero fue instalar cámaras de videovigilancia. Lo siguiente, ponerse en contacto con los medios locales, solicitándoles difusión para la inauguración que tendría lugar dentro de cinco días. Incluso encontraron tiempo para recorrer la ciudad y, en cada tablón de anuncios, colgaron un vistoso cartel anunciando la apertura.

Javi nunca había estado tan orgulloso de su padre. Era como si hubiese recuperado la ilusión. Hacía su trabajo a la perfección y, de esa manera, Javi se convenció de que nada podría volver a salirles mal.

***

El día anterior al evento, amaneció un soleado día de otoño, en el que padre e hijo madrugaron y se pusieron manos a la obra. Lo más importante aquel día era preparar la comida para el día siguiente. El presupuesto no era suficiente como para contratar un *catering*, así que ambos se pusieron delantal, gorro de cocina, y empezaron a cocinar como para cien personas.

El menú consistía en tortilla de patata, croquetas de roquefort, pimientos rellenos de bacalao, espárragos, tomates de la tierra, cogollos con anchoas, pinchos de chistorra, hojaldritos dulces y salados, tarta de queso y unas deliciosas pastas de té, que se permitieron comprar en una cafetería cercana al museo.

Olía de maravilla. Javi se pasó el día aspirando fuerte por la nariz, como si intentase inhalar toda la comida. Habían hecho tan buen trabajo que estaba demasiado emocionado y no podía esperar a que llegase el gran día.

—Papá, ¿enviaste las invitaciones?

—Hace más de una semana.

—¿Y la prensa? ¿Te ha confirmado su asistencia?

—Algunos sí y otros no, hijo.

Su padre también estaba deseando que llegase el día siguiente, pero había cosas que le preocupaban y no quería compartir con su hijo.

Por fin llegó el día de la apertura y, a diferencia del anterior, amaneció una mañana ventosa con lluvias aisladas que iban y venían.

La entrada al museo había quedado pulcra y preciosa. Paredes y suelo, revestidos en mármol claro, brillaban iluminados por una luz dorada que partía de una gran lámpara de araña que colgaba del techo.

Una mesa alargada atravesaba la sala rectangular, donde no quedaba un solo hueco libre para poner más comida.

El suelo estaba tan limpio que reflejaba los retratos conmemorativos de personalidades célebres del reino de Navarra, que se intercalaban con rotundas columnas de piedra natural.

En el fondo de la sala había una puerta de madera maciza que daba paso a una serie de galerías conectadas entre sí. Pero pasó un buen rato hasta que la cruzó el primer visitante.

Durante toda la jornada, el museo estuvo tranquilo. Y solo se oían las manecillas de un irritante reloj, que Javi hubiese tirado por la ventana en más de una ocasión. Su padre, por su parte, también veía pasar las horas y se esforzaba en controlar la expresión de su cara para que su hijo no se viniera abajo.

Así, poco a poco, se fue instalando una atmósfera glacial neblinosa que hacía que el lugar pareciese una cripta, más que lo que debería haber sido, una fiesta.

Y Javi no entendía nada. La ilusión se había esfumado y sentía un profundo malestar en la tripa por la rabia.

A las dos horas de abrir, les había visitado una persona. Cuando se puso el sol, tan solo lo habían hecho cinco: cuatro adultos y una niña muy motivada. Además de un fotógrafo que parecía estar allí por obligación. Uno de los visitantes ni siquiera se había molestado en recorrer las exposiciones. Se había limitado a atiborrarse de comida y se había ido con la tripa llena, una vez degustados todos los platos.

Cada vez que se abría la puerta, padre e hijo levantaban la cabeza esperanzados, pero la sonrisa de Javi se había ido haciendo pequeña conforme pasaban las horas.

—¡No es justo! ¿Qué hemos hecho mal? —preguntó al aire, incapaz de quedarse quieto.

—Nada, Javi. Mira cómo ha quedado el museo. Nuestro trabajo ha sido una obra de arte. Pero ha llovido y...

—¡Pues menuda pérdida de tiempo! —Javi se dejó caer en una silla, sintiéndose abochornado.

—Ni se te ocurra decir eso. El día que pasamos ayer cocinando fue el mejor que he tenido en los últimos años —le rebatió rotundo.

Y, aunque Javi pensó que tenía razón, aquello era tan triste como alegre. Se mordió la lengua y no dijo nada.

—Tienes que estar orgulloso por el trabajo, no por el resultado —continuó diciéndole su padre—. Entiende que las cosas son como tienen que ser y sigue adelante, confiando. Si no te respetas en las decepciones, nadie más lo hará —dijo—. Además, unas croquetas tan deliciosas nunca pueden ser una pérdida de tiempo —y se llevó una a la boca, dando por zanjado el día.

4
Paquete de Le Mans

Las sobras de comida les duraron semanas. Semanas en las que, por cierto, hizo mucho frío, circunstancia que no ayudó a que la gente se acercara a conocer el museo. Pero aquello no desanimó al padre de Javi y siguió contactando gente, instituciones y colegios mientras no dejaba de poner a punto el museo, que cada día amanecía más bonito.

Sus acciones poco a poco fueron dando frutos y, tímidamente, en un goteo constante, nuevas personas se acercaban a conocerlos. Pero no todos los días era así. También había días en los que nadie los visitaba. Y por primera vez se plantearon si serían capaces de terminar el año habiendo conseguido el objetivo propuesto de trescientas sesenta y cinco visitas.

La hora punta siempre eran las siete de la tarde. Pero, pasada esa hora, padre e hijo se quedaban a solas en el museo, mientras Luis organizaba el papeleo y Javi hacía los deberes, que en esa época del año siempre eran muy absorbentes.

Solo una persona, una niña, de pelo rizado castaño y ojos marrones muy vivos, que recorría las salas fijándose en todo y ambos recordaban del día de la inauguración, acudía cada día, sola y a última hora, para visitar alguna de las salas que le quedaban pendientes.

Aquella tarde de mediados de noviembre, apareció más tarde de lo habitual, cuando estaban a punto de cerrar. Pero Luis no le negaría el acceso a nadie. Menos a una niña de la edad de su hijo. La dejó pasar mientras se preguntaba qué haría sola a esas horas.

Aunque no hubo reproches, ella se disculpó igualmente.

—Siento llegar tan tarde —dijo sin aliento, como si hubiera llegado corriendo—. Hoy me he entretenido más de la cuenta en la biblioteca.

Y así fue como conocieron a Irati y aquella era su rutina. Todos los días se pasaba la tarde en la biblioteca, inmersa entre libros. Y, a continuación, los visitaba abrazando dos nuevos libros contra el pecho. Quería seguir descubriendo el museo.

Y es que Irati era, ante todo, una niña creativa. Coleccionaba libros en sus estanterías, cual si fuesen trofeos. Su mayor tesoro era una colección ilustrada de Julio Verne. ¿Su sueño?: vivir una gran aventura como la de sus libros favoritos.

Por eso le parecía tan fascinante tener amigos que viviesen en un museo. Algo que solo podría haber sido superado, tal vez, si hubieran vivido en un barco.

Irati también era lista, pero, sobre todo, muy curiosa. Aunque no tan estudiosa como Javi. La chica prefería invertir su tiempo en explorar la isla del tesoro, viajar al centro de la Tierra, acompañar a Robin Hood en sus misiones o pasar miedo conociendo al conde Drácula en su castillo en Transilvania.

¿He dicho ya que su mayor anhelo era vivir una gran aventura como las de sus libros favoritos? Y eso llegaría. Solo que aún no lo sabía.

—Tranquila, no pensaba cerrar —mintió Luis—. Todavía tengo trabajo por hacer. ¿Quieres un hojaldrito que sobró de la presentación? ¡No se acaban nunca!

Irati cogió dos, uno dulce y otro salado. A continuación, se dispersó por la sala mientras Luis abría uno de los paquetes que habían recibido durante el día. Algo vio en él que le hizo cambiar la expresión de su cara. Y Javi, que lo notó —Irati también, en realidad—, se acercó hasta su padre para ver más de cerca el contenido.

En la caja había un mapa antiguo, una brújula, un reloj de bolsillo y un libro manuscrito.

—¿Quién lo envía, papá?

—No pone remitente, pero sí de dónde viene: Francia (Le Mans) —apuntó—. Seguramente por mediación del señor Anchorena —dijo en una especulación—, lo que me sorprende es el contenido.

Lo primero que llamó la atención de ambos fue una brújula que parecía de oro.

—Por su valor, nadie lo diría, pero no funciona.

—¿Estás seguro?

—Señala al noroeste... de manera insistente —dijo sin dejar de girarla—. Es como si estuviera rota y señalara en una dirección que no es el norte.

Su hijo se la quitó de las manos y la observó más de cerca. Irati se irguió y echó miraditas fugaces a los objetos, mientras Luis se acercaba el mapa hasta la nariz y lo miraba desde diferentes ángulos.

—Un mapa antiguo de Tudela —señaló.

Pero Javi parecía más interesado en otra cosa que acababa de descubrir.

—Mira, ¡un diario!

Padre e hijo lo abrieron intrigados. En la primera página podía leerse con tinta emborronada un nombre: «Berenguela». ¿Serían sus memorias?

—Falta información. Se ha tenido que perder con el paso del tiempo.

—Pero las páginas que faltan deben de estar en algún lugar.

—¿Y quién es? —preguntó Javi, aunque le sonaba de haber leído el nombre por alguna parte del museo.

—Todavía no lo sé, pero lo descubriremos.

Ahí Irati fue incapaz de permanecer en silencio y surgió de detrás de una columna.

—Yo sí lo sé —sonrió satisfecha—. O mucho me equivoco, o se trata de Berenguela de Navarra: hermana de Sancho VII el Fuerte, que se casó con el rey de Inglaterra Ricardo Corazón de León. Tiene sentido que estas cosas regresen aquí, ya que ella era de Tudela y estas cosas podrían ser suyas —propuso Irati, dejando volar su imaginación.

Javi levantó la cabeza y la miró poco convencido. Mientras, su padre abría la boca y la observaba como bajo una nueva luz.

—Pero si una reina de Inglaterra hubiese sido de Tudela... —comenzó a decir, sin encontrar las palabras—. Quiero decir, ¡sería un dato conocido por todos!

Irati se encogió de hombros.

—Pues lo fue —repuso animada—. Hay mil historias que hablan sobre Ricardo Corazón de León y las cruzadas. Y su esposa, Berenguela, era de Tudela —dijo, dando por zanjada la conversación.

Hubo un silencio incómodo. Javi siguió mirando a la chica, levemente molesto, durante aproximadamente un minuto. Y su padre, todavía con expresión de desconcierto, dijo: «Ahh», recogió las adquisiciones y se esfumó a buscarles nueva ubicación.

Cuando Javi e Irati se quedaron a solas, Irati se acercó más para decirle algo.

—Desde que os he oído —dijo y su expresión era de alegría, quizá demasiada—, hay algo que no me quito de la cabeza...

Javi dudó un instante si le preguntaba de qué se trataba. No fue necesario. Irati se lo contó igualmente:

—¿Se te ha ocurrido pensar que la brújula señale en una dirección concreta por algún motivo que todavía se desconoce? Piénsalo, Berenguela vivió aquí. Podría llevarnos tras su pista y encontrar algo valioso perdido en el tiempo. Tal vez la información que falta de su diario.

Oír aquello fue demasiado. Primero Javi dibujó una sonrisa escéptica y a punto estuvo de soltar un improperio. Se resistió. Javi era un muchacho educado y en el último momento decidió ignorar a la chica, que volvió tras él.

—Hablo en serio —insistió Irati—. Imagínate la repercusión que tendría si hiciésemos un descubrimiento de una dinastía tan importante.

—Creo que has visto demasiadas películas —soltó Javi y frunció el entrecejo.

—No veo la tele. Leo libros —repuso ella con firmeza— y sé reconocer dónde hay una aventura. Aquí la hay. ¿Qué tiene de malo seguir las direcciones de una brújula? Las aventuras hay que vivirlas. Dejarse sorprender. Podría ser incluso divertido. Mañana, al salir de clase, quedamos en la puerta del museo. Y no te olvides de llevar contigo la brújula y el mapa.

—¡Ni lo sueñes! —respondió Javi en tono severo, aunque bajando la voz—. No te acompañaré en tu búsqueda del tesoro. Y no insistas porque es mi última palabra.

5
Llave al pasado

Aunque Javi e Irati no estudiaban en el mismo colegio —Javi siempre había vivido en el barrio; Irati, en el casco antiguo—, salían de clase a la misma hora. Y el día siguiente a su primera conversación acudieron puntuales al punto de encuentro concertado por la chica.

—¿Has cogido el mapa?

—Sí, y también la brújula. —Javi sacó ambos de la mochila.

Seguía sin comprender cómo aquella niña entrometida le había convencido. Además, se sentía ridículo, como un niño a punto de hacerse mayor al que convencen para que siga jugando. Pero a cada paso se recordaba que no hacía aquello por Irati. Ni siquiera por sí mismo, sino por su padre, quien tanto se esforzaba en su nuevo proyecto.

Hicieron una parada para comprar chucherías en un céntrico quiosco, más conocido como la Chacha. Y, a paso ligero, siguieron la dirección que indicaba la brújula. Atravesaron la judería y dejaron atrás la iglesia de la Magdalena. Finalmente, ascendieron al cerro de Santa Bárbara, un alto que dominaba la ciudad a su paso por el río Ebro.

Brújula en mano, Irati iba tres pasos por delante de él. Era un día frío, pero muy soleado. Al llegar a lo más alto, un cristo comenzó a hacerles sombra. Corazón de Jesús[2] lo llamaban y, aunque Javi lo había visitado en otras ocasiones, siempre lo primero en lo que se fijaba era en sus manazas.

Se detuvieron porque, llegados a este punto, la flecha comenzó a girar, justo antes de detenerse definitivamente.

Irati desplegó el mapa antiguo y se sumió en un silencio ensimismado. Empezó a recorrer la zona con cierta ansia.

—Vale, ya hemos llegado. ¿Ahora qué? —preguntó Javi en tono serio.

—Aquí antes había un castillo.

No dijo nada más, seguía absorta mirando el mapa. A continuación, atravesó el lugar, hasta que se detuvo a ras de una cornisa.

—Si te fijas —volvió a hablar, asomándose por el saliente que daba al río—, en el mapa hay dibujada una piedra.

Javi no tenía claro que aquello fuese una piedra. En cualquier caso, prefería dejarla a su aire y descubrir a dónde llegaban.

Entonces Irati hizo algo sorprendente. Aunque no llevaba la ropa adecuada —vestía el uniforme del colegio, que se componía de falda a cuadros, jersey y leotardos—, empezó a descender por el balcón que se asomaba a los campos y fue tirando, una por una, de cada piedra que veía. Así siguió haciéndolo durante diez minutos, hasta que, por fin, una cedió. Al sacarla, Irati descubrió una llave.

Volvió a trepar hacia arriba con una sonrisa mágica en la boca y compartió su descubrimiento con Javi. Era pequeña y de latón.

---

[2]   Gran estatua construida en honor a Jesús de Nazaret. Se ubicó sobre lo que fue el torreón principal del viejo castillo de Tudela y, posteriormente, ermita de Santa Bárbara. El Corazón de Jesús tiene su contrapunto al otro lado de la ciudad con la estatua dedicada al Corazón de María.

Tenía la cabeza redonda, tres dientes y llevaba grabada a fuego la letra B y una fecha: 1185.

—¡B de Berenguela! —gritó Irati tan emocionada que los presentes giraron la cabeza.

Estaba más contenta que el día de Navidad. Miraba la llave como si se tratara de un tesoro inigualable. ¡Hasta parecía que le temblase un ojo! Javi, no obstante, enseguida rebajó su entusiasmo. Y es que algo no le terminaba de cuadrar... ¿Por qué había permanecido siglos ahí, esperándolos, sin que nadie más la encontrara?

—¡Fácil! Porque nadie la había buscado hasta ahora.

Irati se sentía demasiado brillante como para desconfiar. A cualquier pega le hubiese encontrado solución.

Echó un vistazo rápido a la brújula, que volvía a apuntar hacia el museo.

—El otro día me fijé en que había salas cerradas. ¿Podéis entrar vosotros?

Javi enseguida comprendió por qué lo preguntaba.

—No, no tenemos llave.

—Pues aquí está —repuso Irati en tono triunfal.

Debía de ser así. Era así. Pero Javi seguía con dudas.

De camino, Irati apretaba el objeto con tal fuerza que su mano había empezado a sudar.

—¡Espera un segundo! —gritó Irati—. La brújula señala ahora hacia la iglesia.

Se refería a la iglesia de la Magdalena, que quedaba a mitad de camino hacia el museo.

—¡Qué extraño!

Más concretamente, la brújula les indicaba un punto en el exterior. Buscaron alrededor de su perímetro. A menos de medio metro del suelo, en el lado norte, junto a un macetero, vieron...

—¡No puede ser casualidad! ¡Aquí hay una llave dibujada!

Javi se agachó para observarla con más detenimiento.

—Tienes razón. ¡Es una marca de cantero! Son símbolos que se grababan en la Edad Media.

El siguiente paso inevitable fue colocar la llave que habían encontrado, sobre el símbolo. Encajaba a la perfección. No solo eso, al acercarla se produjo un chispazo.

La situación empezaba a ser demasiado extraña —y emocionante— para asimilarla. Era como si aquella marca llevase siglos en su ciudad, esperándolos.

—¿Y ahora qué? —se preguntó Javi.

—¡Rápido! Volvamos al museo.

Las ideas empezaban a encajar. Llegaron al museo y su padre se encontraba ocupado atendiendo a unos visitantes. Pasaron dentro sin darle explicaciones.

Se detuvieron frente a la primera sala cerrada, que, a pesar de los intentos, no cedió. Aunque ambos intuían que era cuestión de tiempo. Al introducir la llave en la tercera puerta, las bisagras chirriaron y el corazón se les aceleró.

La puerta estaba abierta.

De repente, se encontraban en un patio interior con árboles, muchos árboles. Como un microclima que daba a una cueva. Y esta les invitaba a sumergirse por un pasadizo de aspecto subterráneo, como la boca de una gruta que conducía a otro lugar.

—¡Necesitamos linterna!

—Vale, pero no tardes.

El chico regresó enseguida con el objeto y empezaron a recorrer la gruta.

Avanzaron alerta. Era casi como descender. El lugar no inspiraba confianza, pero continuaron igualmente, sin saber si lo que sentían era miedo o emoción. Seguramente ambos.

Las paredes de aquel laberinto estaban cubiertas por estalactitas y estalagmitas. La linterna rebotaba en la roca viva. Y las piedras calcáreas y el mármol brillaban en intensos colores con sus vetas.

Javi se fijaba en cada detalle. Su mente científica le hacía detenerse a observar los fósiles, los minerales... ¡Especialmente estos últimos! Había tantos que parecía mentira: ágata, amatista, diferentes tipos de cuarzo, ópalo, ¡lapislázuli!, por enumerar solo unos pocos. Parecía cosa de magia encontrar una gruta así en aquel lugar. Con aquello Javi hubiese tenido suficiente para días, pero Irati tiraba de él para que no se detuviese.

Después de media hora de descenso y sortear obstáculos, la chica empezó a impacientarse. Javi avanzaba, a diferencia de ella, evocando un mundo interior. Se sentía libre. Como una especie de Indiana Jones de la mineralogía que recorría el mundo descubriendo gemas y piedras preciosas.

Aunque para Irati aquello carecía de interés.

—Noto olor a gas, ¿tú no? ¿No será peligroso?

Si lo era, a buenas horas preguntaba.

Siguieron avanzando hasta toparse con un muro que les cerraba el paso.

Y aquello precipitó los acontecimientos. Se sentó sobre un saliente rocoso y, al hacerlo, la tierra bajo sus pies dio una sacudida y tembló. Una brisa incomprensible les alborotó el cabello.

Primero los abrazó la oscuridad. Y, a continuación, se volvió a instalar la luz. Tras un ligero mareo, por fin volvieron a enfocar la escena que tenían delante.

Estaban en otro lugar. El suelo de tierra se había convertido en piedra. Las rocas de la pared habían sido sustituidas por cuadros y ventanas. Pero, sin duda, lo más llamativo era la gente. Gente vestida de época. En algo así como un castillo... ¡Igualito a una de las maquetas que había en el museo!

Ambos se quedaron paralizados. ¿Acaso era posible?

Así, de un salto, habían retrocedido siglos en el tiempo.

6
Asuntos por resolver

No estaban solos. Pero ¿dónde? Aún no eran capaces de decirlo. Apenas de imaginarlo.

Irati dio rienda suelta a su imaginación, mientras Javi se preocupaba de asuntos más trascendentales, como su posterior regreso o si estaban en peligro.

Tiempo habría para pensarlo. Ahora, si habían llegado hasta allí era por una razón. Y lo único que podían hacer era observar la escena que tenían delante: en el centro de la sala había una mesa alargada. Aquí y allá, gente de pie, a cuál más importante, a juzgar por su aspecto. Pero nadie parecía reparar en su presencia.

De repente, se fijaron en dos hombres, grandes como castillos, que producían un gran respeto mirarlos. Ambos eran jóvenes y de apariencia robusta.

Uno de ellos, el de mayor altura, tenía aspecto mediterráneo y mirada penetrante, que destacaba, además, por la energía franca que destilaba su presencia.

Mientras que el otro, de cabello entre rojizo y rubio, ojos claros y tez pálida, bien nos merece una descripción algo más profunda. Su porte era altivo, pero, a la vez, sofisticado. Su forma de hablar y de moverse producía un efecto involuntario entre la devoción y el temor. Como un gran líder que ha nacido para reinar y ocupar un puesto privilegiado en la historia.

Eso era él, o al menos un día lo sería: rey de Inglaterra. O aquello le pareció a Irati.

—Guau, ¡qué pasada! —exclamaba cada poco.

No se equivocaba. ¡Delante de ellos estaba Ricardo Corazón de León!, quien mantenía una conversación entre animosa y enérgica con el —todavía— príncipe Sancho. Sí, me refiero a Sancho VII el Fuerte, famosísimo rey de Navarra.

En la sala había más gente. Aunque solo había una mujer.

Tal vez fuese su encanto natural o tal vez por ser la única en la sala, tampoco ella pasaba desapercibida: la joven princesa Berenguela de Navarra. Igualita a como la recordaban del cuadro que había en el museo. Y, aunque suene a tópico, si cabe, más hermosa.

Tez pálida. Cabellos largos, ondulados y dorados. Porte sereno, aunque a la vez firme. Berenguela se sentó entre su hermano, el príncipe, y su padre, el rey de Navarra, quien fue el primero en dirigirse al resto:

—Gracias por vuestra presencia hoy aquí —se refería al grupo angevino[3] que tenían frente a ellos—. La razón que nos reúne es la siguiente...

El tema principal giraba en torno al Camino de Santiago a su paso por Navarra. Ambos bandos parecían enfrentados:

—¡Los navarros atacan a los peregrinos que hacen el camino! —se quejaba uno.

---

[3] El Imperio angevino, formado por la Casa Plantagenet, fue la dinastía reinante en Inglaterra entre 1154 y 1399.

—¡Y los peregrinos ingleses asaltan los cultivos a su paso por nuestra región! —le rebatía con frialdad alguien sentado frente a él.

—¡Les roban la comida antes de seguir! —añadía otro más. Y terminaba su frase con un ademán violento.

—¡No te olvides de la bebida! —apuntaba el hombre que estaba a su derecha, igualmente en tono belicoso.

No lo vamos a negar, hubo momentos tensos en aquella discusión. Las quejas se amontonaban y el tono de la conversación cada vez era más elevado.

En ello estaban, cuando Berenguela, quien había permanecido más tiempo en silencio, abrió la boca y de ella salió una solución en vez de una nueva protesta:

—Ambas partes tienen culpa. Y ambas partes tienen la solución —dijo en tono sereno y para sorpresa de todos—: reconocerlo y cooperar. Por ejemplo, podríamos instalar puestos de vigilancia que eviten las malas prácticas, que controlen a los peregrinos, pero también a los locales. Y, sobre todo, que puedan impartir justicia para con los afectados.

Ricardo no pudo menos que levantar la cabeza. Se quedó atrapado en sus ojos como si fuese irreal. La joven princesa no solo era atractiva, también era elocuente y hacía gala de una perfecta retórica.

—Excelente propuesta —le concedió alguien de entre el grupo angevino.

Pero Ricardo ya no oía a nadie más. Mucho menos prestaba atención a quien hablaba ahora. Tan solo quería pasar tiempo a solas con aquella joven.

Gracias a la idea de Berenguela, ambas partes llegaron a un acuerdo. Y por fin se pudo firmar un pacto de colaboración. Solo entonces el grupo fue capaz de rebajar el tono y los criados empezaron a servir.

La mesa quedó bien dispuesta. Y el salón se convirtió en un banquete cuando las conversaciones pasaron a privadas. Circunstancia que Sancho aprovechó para dirigirse al oído de su hermana.

—Está prometido.

—¿Cómo dices?

—Ricardo está prometido con Alix, la hija del rey de Francia.

Por supuesto, a Sancho no le había pasado desapercibida la dulce mirada que el conde de Poitiers[4] había dedicado a Berenguela.

Primero, claro, ella le quitó hierro al asunto, pero, a continuación, se ruborizó.

—No sé por qué dices eso —aunque sí que lo sabía.

Se esforzaba en aparentar indiferencia, mientras se hacía a la idea de no verle nunca más.

---

[4] Ricardo, como príncipe, ostentó los títulos de duque de Aquitania y conde de Poitiers, entre otros.

Hasta la fecha, Berenguela había rechazado a dos pretendientes. No era de las que se conformaban con algo que no querían. Pero, para su desgracia, pronto le obligarían a casarse. «¡Qué tiempos tan injustos!», pensó. O tal vez no. Pero, en cualquier caso, se sentía decepcionada.

A su vez, Irati seguía la escena sin perder detalle. Era como estar inmersa en un cuento de hadas. ¡O mejor! Aquello era historia y había sucedido. Tenían el honor de ser partícipes y lo vivían con gran intensidad.

Se planteó si nunca volvería a tener otra oportunidad como aquella. Su cabeza quería abarcar toda la información que le fuera posible. Pero hubo algo muy concreto que no le pasó desapercibido: la mirada de un hombre elegante, de unos cuarenta años, que sí parecía haber advertido su presencia... Era alto y delgado, de aspecto imperturbable. Los observaba desde la distancia, escondido bajo un sombrero, como quien estudia una especie desconocida.

No sabemos si Javi se dio cuenta del detalle o no. Pero la imagen residual de la escena parpadearía en los ojos de Irati durante semanas. Ni siquiera se atrevía a compartir con Javi sus dudas, por si este le daba la razón.

«Pero es imposible —se convencía siempre al recordarlo—. Si nos ha visto él, nos han visto también los demás». Y estaba claro que no había sido así.

¿O tal vez estaba equivocada?

7
La tiara y los pergaminos

Aquella noche, Irati no durmió bien. Se aferraba a sus recuerdos del día anterior. Y, tras horas de dar vueltas en la cama, se levantó a leer para ver si así conseguía relajarse.

Tenía entre manos un cuento maravilloso de Navidad. Escrito por Dickens e ilustrado de manera deliciosa, pero este no hacía más que encender su sed de aventuras. A cada párrafo, su mente la sacaba de la lectura y le recordaba lo que habían vivido de primera mano.

Tiró la toalla. Así era imposible concentrarse. Se preparó unas tostadas con mermelada de ciruela y, a continuación, se dirigió hacia el museo.

Mientras, vosotros os preguntaréis: ¿cómo regresaron del pasado? Pues bien, os lo contaré. Pero antes diré que fue más sencillo de lo que Javi había previsto.

Nos quedamos cuando un hombre los miraba, desde el fondo de la sala, directamente a la cara. Justo a continuación, Javi se fijó en una tiara plateada que descansaba sobre pergaminos manuscritos, que, a su vez, estaban sobre una silla desocupada.

¿Qué hacían ahí esos objetos? Quizá nunca lo sabremos. ¿Habían estado sobre la silla todo el tiempo? Tal vez... Lo que sí sabemos es que, cuando Irati los fue a coger y se los llevó, los chicos se materializaron de nuevo en la cueva, en el momento presente.

—¿Cuánto tiempo hemos estado fuera? —preguntó Javi a Irati.

—Una hora. Aunque tal vez el tiempo allí transcurra de manera distinta.

Su mayor temor era que el padre de Javi los estuviera buscando, pero este ni siquiera había reparado en su ausencia. Últimamente, se había dedicado a hacer reformas y, aunque todavía quedaba mucho trabajo por hacer, el museo empezaba a parecerles el lugar más acogedor del mundo. Soltaron un suspiro de puro alivio al regresar a él.

Volvamos al momento presente en que Irati se reencontró con Javier.

—Debería leerme el diario —dijo, sin plantearse el pedirle permiso.

Y, para su sorpresa, Javi se lo pasó.

—¡Lo que suponía! —exclamó Irati al examinarlo—. Hemos encontrado las primeras páginas que faltaban al diario. Y relatan la escena que vimos ayer: cómo se conocieron.

—¿Y qué? —repuso Javi, sin terminar de creerse lo que estaba sucediendo.

—¿Acaso no es evidente? —le respondió ella—. Hemos encontrado la primera pieza del puzle, pero tenemos que buscar el resto. El diario es la clave. Y, si no me equivoco, en nuestro próximo viaje encontraremos las siguientes páginas que le faltan al diario.

Entonces se plantearon el tema de la tiara. A esto Irati no le encontró explicación «más allá de lo bonita que quedaría expuesta en el museo», dijo como si nada y Javi se lo planteó.

Y así dieron por terminada la emocionante conversación.

En las semanas que siguieron, nada reseñable ocurrió, salvo que Irati no podía más de la impaciencia.

Volvieron a tener otra oportunidad, a principios de diciembre, cuando el padre de Javi se ausentó un día entero por asuntos de trabajo.

Javi e Irati recorrieron de nuevo la gruta. Esta vez, además de llave y linterna, cogieron agua, bocadillos de jamón, patatas fritas, gominolas y otros víveres «indispensables», por si se retrasaban más de la cuenta.

De camino, Irati le iba poniendo al corriente sobre lo que leía en el diario de Berenguela:

> Sancho invitó a Ricardo a todos los torneos que se celebraban. Y Ricardo continuó viniendo a Navarra siempre que podía. Así forjaron su emblemática amistad. Y, poco a poco, también se fue acercando más a Berenguela. Pero no nos olvidemos que él seguía comprometido. ¡En fin! En 1189 murió su padre —el de Ricardo— y a él lo coronaron rey de Inglaterra...

Etcétera.

Llegaron al punto final en que se detenía la gruta y sacaron la llave. Entonces, el reflejo del mármol produjo un efecto brillante sobre esta e Irati volvió a sentir la emoción en el pecho.

Más destellos de plata le siguieron. Un fogonazo cegador. Y, finalmente, viento que lo cambiaba todo a su paso.

8
Noticias del norte

Tudela, 1190

Volvían a encontrarse en el castillo de Tudela, solo que ahora habían aparecido en un salón de recepciones. A él accedían Berenguela y su hermano mayor para encontrarse con su padre, Sancho VI el Sabio, rey de Navarra.

—Padre, ¿nos has hecho llamar?

La expresión de su padre era de preocupación, como si se viera obligado a tratar con ellos un asunto desagradable.

—Sí, sentaos, por favor. Hemos recibido correo anunciando la llegada de Leonor de Aquitania.

Los hermanos intercambiaron miradas de preocupación. Habían oído trovas y cantares que hablaban sobre sus gestas. Los tres empezaron a lanzar suposiciones sobre la razón de aquella visita. Pero solo llegaron a la conclusión de que debía de tratarse de algo importante para que la propia Leonor se desplazase hasta allí desde Burdeos.

—¿Quién es Leonor de Aquitania? —preguntó Javi a Irati, entre susurros.

—La madre de Ricardo Corazón de León.

Aquello era cierto. Pero también era cierto que Leonor bien merece un libro solo para contar quién era ella. En este caso, nos limitaremos a decir que, aparte de sus numerosos títulos, también había sido la esposa del rey de Francia y, a continuación, del rey de Inglaterra. No solo se había separado de dos grandes reyes, sino que también era famosa por proezas como haber ido a Tierra Santa en la segunda cruzada y haber conducido sus tropas personalmente. ¡Ah! No nos olvidemos de que había estado en la cárcel por orden de su segundo marido. Pero al morir este, Leonor había recuperado su libertad y ahora ejercía como regente en la ausencia de su hijo Ricardo, quien era el actual rey.

Lo dejaremos ahí por ahora, ya que la propia Leonor estaba a punto de llegar. De hecho, ya se desplazaba por el castillo con el ímpetu de un huracán.

Llegó a la sala donde la esperaban y Berenguela le abrió la puerta y le dedicó una reverencia. Daba la impresión de no haber dormido en días, pero, aun así, conservaba la energía. Tras inspeccionar de arriba abajo a la joven princesa, empezó a hablar como si trajera un discurso aprendido.

—Por nuestra condición de amigos y aliados, me atrevo a haceros una propuesta. —Leonor hablaba en tono autoritario, como si hubiera ido allí a ofrecer en vez de a pedir—. Como sabéis, mi hijo Ricardo se ha marchado a reconquistar los santos lugares. Por supuesto, no podía dejarle partir sin solucionar el asunto de su matrimonio.

«Así que era eso», pensó Berenguela.

—Pero el rey Ricardo está comprometido —repuso el rey Sancho, con semblante serio y miedo a la respuesta.

—Un compromiso con Alix que no se llevará a cabo —dijo sin inmutarse—. Ricardo la repudió por deshonor y traición. En vez de eso, yo le sugerí diferentes esposas; a lo que él me respondió que solo se casaría si era con Berenguela. Si ella lo acepta, claro está. Ese es el motivo de mi visita: pedir la mano de vuestra hija.

Los tres se miraron llenos de asombro. El rey Sancho consideraba la propuesta beneficiosa, pero no podía dar una respuesta sin antes hablar con su hija. A su vez, el príncipe Sancho repartía la mirada entre Leonor y su hermana, como si no entendiera lo que acababa de oír. Admiraba tanto a Ricardo que, a sus ojos, se trataba de una asombrosa noticia.

¿Y Berenguela? ¿Qué pensaba Berenguela? Berenguela seguía en silencio.

—Antes de que me deis una respuesta —continuó exponiendo Leonor—, debo informaros de que, si aceptáis, no podremos esperar al regreso de mi hijo. «Belenguera» me acompañará a su encuentro dondequiera que esté y ahí tendrá lugar el enlace.

—Mi nombre es Berenguela.

—¿Cómo dices?

—Berenguela.

—Eso he dicho...

El rey se fijó en que la mirada de su hija expresaba ciertas dudas. Le pidió a Leonor un tiempo para hablar a solas con ellos. A regañadientes, Leonor aceptó su petición y salió de la estancia. Padre e hijos empezaron a valorar las ventajas e inconvenientes de aquella propuesta. O, más bien, padre e hijo empezaron a hablar sobre ello. Y ahora es cuando podría decir que Berenguela seguía en silencio por decoro, pero eso no lo tengo del todo claro.

Los sueños siempre van acompañados de una parte que da miedo. Mucho miedo, en realidad. Se lo había imaginado tantas veces en su cabeza cuando solo era un sueño que, ahora, llegado el momento, no sabía ni cómo reaccionar. Por una parte, su deseo se iba a cumplir. Por otra, pensaba en su padre y, aunque fortalecerían el reino, ¿qué más daba eso si no lo volvía a ver? ¡Ni a sus hermanos! Ella que los había cuidado desde que murió su madre... ¿Y si nunca regresaba a su tierra? Aquello le producía un nudo en el estómago, aunque seguía poniendo buena cara. «¿Y si salía mal el matrimonio?». Nadie lo sabía. Pero lo que no dudaba es que seguir a Ricardo significaba ir de batalla en batalla. Estar en peligro.

—Hija, di algo. ¿Estás bien?

Tras horas de deliberación, informaron a Leonor de que por fin tenían una respuesta.

Leonor contuvo el aliento en espera de que hablasen. Fue el rey Sancho quien finalmente dio la noticia con aire solemne:

—Mi hija os acompañará en busca de su futuro marido, el rey Ricardo. Siempre y cuando su hermano Sancho y un grupo de caballeros la acompañen en el trayecto para protegerla de cualquier posible peligro.

Leonor aceptó sus condiciones sin dudarlo y obsequió a la familia con un retablo esmaltado que representaba su compromiso y que sobreviviría al paso del tiempo: el retablo de San Miguel de Aralar[5]. Al recibirlo, Berenguela cambió la expresión de su cara. Ya no disimulaba la ilusión de embarcarse en aquella aventura. Pensar en el reencuentro con Ricardo hacía que se le removiesen los recuerdos. Las tripas... ¡Todo!

El tiempo de espera y no tirar la toalla habían dado sus frutos. Gracias a ello, Berenguela había madurado y se había preparado mentalmente para algo que parecía imposible. Era imposible, pero ahí estaba la propia Leonor de Aquitania para demostrarle que no. Que, a veces, los sueños se cumplen. Solo si confiamos en ello cuando llega el momento.

Y, ahora sí, se casaría con Ricardo. Y se convertiría en reina de Inglaterra. Pero antes tenían que emprender un largo viaje para encontrarse.

Leonor de Aquitania no le quitaba ojo de encima. Una engañosa mirada cándida de la joven acentuaba su belleza. Por ahora, había pasado la prueba.

—Será un placer acompañaros en este viaje y convertirme en vuestra familia —dijo Berenguela y era sincera. Se inclinó con respeto—. ¿Puedo pedir una semana para preparar el viaje?

—No. Saldremos lo antes posible.

No insistió. No le quedaba otra que obedecer. Para entonces, Berenguela —y seguramente vosotros también— ya se hacía una idea del carácter difícil de aquella mujer. Pero ella también tenía sus recursos, se recordó.

---

[5]   Tras estudiar las particulares características de dicha obra y ponerlas en relación con otras representaciones de los Plantagenet, Manuel Sagastibelza llegó a la conclusión de que el retablo fue el regalo de novios de Ricardo a Berenguela.

9
De rehenes y tesoros

Viajes, 1191

El trayecto duró meses de crudo invierno que parecieron siglos. El sol iluminaba cada vez menos horas mientras iban sorteando témpanos de hielo y peligros de diferente naturaleza.

Viajaban en literas, por calzadas en mal estado. Durante la noche, la temperatura bajaba por debajo de los cero grados. De vez en cuando, hacían paradas en monasterios y castillos, donde eran atendidos como es debido. Pero enseguida debían continuar con el viaje.

Su paso por los Pirineos fue especialmente duro.

Para Berenguela, viajar con Sancho suponía un gran alivio. Pero este terminó al llegar a Nápoles, cuando su hermano se vio obligado a regresar por asuntos del reino que requerían de su presencia.

Entretanto, Ricardo había roto de manera oficial su compromiso con Alix. Y ahora se sentía libre para mandar naves a Nápoles, donde le esperaban su madre y su futura esposa.

La llegada de ambas había sido mantenida en secreto hasta el último momento. Y a ellas se les unió Juana, la hermana de Ricardo.

Hombres y mujeres partieron a Palestina por separado. La intención de Ricardo era celebrar el enlace en Tierra Santa.

—Vale, ya me has puesto al corriente. Pero, ahora, ¿dónde estamos? —preguntó Javi a Irati, mirándola fijamente.

En un parpadeo habían aparecido en otro lugar. Un vaivén constante no les permitía mantener el equilibrio, como si estuvieran en un...

—¡Barco!, ¡estamos en un barco!

Se asomaron y se confirmó la hipótesis de Irati. En el exterior, un nubarrón denso y oscuro amenazaba con tormenta.

Irati sabía lo que venía a continuación. Su cara expresaba una imposible combinación entre la esperanza y el miedo.

Se acercó más de lo prudente, como siempre hacía, y se quedó mirando a los personajes históricos entre la adoración y el respeto. Todos hacían equilibrios imposibles por mantenerse en pie. Reconocieron a Berenguela y supusieron que quien estaba a su lado era Juana.

Pasó un cuarto de hora y una ola gigante envolvió el barco con estrépito.

Oh, ¡no!

Por unos instantes, todo desapareció entre espuma y agua furiosa. Todo arrollado, la ola pasó y los navegantes consiguieron volver a sus posiciones.

—¿Estamos todos? ¿Estáis bien?

—El viento ha desviado nuestro barco.

Habían quedado a la deriva. El viento había desviado dos barcos más contra las rocas. Algunos hombres habían ido nadando hasta alcanzar la costa, pero, al llegar, los habitantes de la isla habían robado sus posesiones. Incluso habían matado y hecho prisioneros a algunos de ellos.

Estaban seguros de que los isleños no disponían de barcos ni armas capaces de abordarlos en alta mar. Pero si iban a tierra... aquello era otra historia distinta.

—Tenemos que mantenernos alejados de la costa —decía Berenguela a su tripulación al tiempo que negaba con la cabeza—. A estas alturas ya saben de nuestra presencia. Pedirían rescate a Ricardo y no lo pienso consen...

Sus palabras quedaron en suspenso, cuando el cielo se estremeció en un trueno peor que mil cañonazos. Una tormenta siniestra y viento desencadenado hicieron que se ladeara el barco. La situación era insostenible. Por una parte, estaban a merced de la tormenta. Por otra, sabían que, si iban a puerto, los tomarían presos.

La mayoría eran partidarios de esta segunda opción.

—Mejor prisioneros que muertos —era su argumento.

Pero Berenguela no daba su brazo a torcer. Las inclemencias meteorológicas poco la acobardaban. Además, su libertad bien merecía el esfuerzo. Pidió a la tripulación paciencia y dos días más, en los que confiaba Ricardo iría a rescatarlos.

Todos se volvieron expectantes hacia el capitán, esperando ver su reacción. Ni siquiera él se atrevía a contradecir a la futura reina. Finalmente, echaron el ancla. —Sí, Berenguela había heredado la sabiduría de su padre y las dotes diplomáticas de su madre—.

Fueron horas de angustia en las que podría suceder cualquier cosa. El desánimo a bordo se iba extendiendo. Ni siquiera Javi e Irati veían cómo salir de allí.

Irati, muy animada al principio, había ido languideciendo. Miraba la escena con expresión distraída, pero al cruzar una mirada con Javi y ver una sombra de tristeza en sus ojos también ella se vino abajo. Una cosa era conocer la historia y otra distinta era vivirla.

No sería hasta el día siguiente en que Ricardo repararía en la ausencia de las tres naves. En efecto, el rey envió refuerzos para buscar los barcos perdidos.

A bordo del barco en que iba Berenguela, todo el mundo gritó de excitación al verlo. La elevada estatura de Ricardo hacía que destacase entre las figuras que se veían en el horizonte.

Los encontraron cerca de la costa de Chipre. Acababan de dar las once de la mañana, cuando Ricardo se presentó en una galera. Pidió al gobernador que liberara a sus hombres y devolviera los bienes robados. Pero, como los chipriotas no obedecían, el rey aventuró a sus hombres a combate.

Ricardo los condujo con estrategias en las que se manejaba bien. A una señal suya, una maraña de sombras se precipitó sobre los isleños. Algunos, con admirable sangre fría y rústicas armas, iban a su encuentro; pero la mayoría trataban de huir. Los hombres caían al mar y este se iba tiñendo de rojo. Mientras, el audaz rey no se acobardaba y, en primera línea de combate, iba asestando golpes definitivos.

Las tropas inglesas hicieron una exhibición de poder en Chipre. Apenas una mañana duró la lucha y los chipriotas no fueron capaces de oponer gran resistencia. Las primeras palabras de Ricardo fueron para alabar la decisión y el coraje de su futura esposa. Y ella, en respuesta, lo abrazó profundamente agradecida por su valerosa intervención.

10
La frontera

Javi e Irati pronto encontraron las páginas del diario que les devolverían al momento presente. Y puede que os preguntaréis: ¿les iba a desanimar esta experiencia de seguir los pasos de Berenguela? Pues bien, esa misma pregunta también se la hacían ellos.

Javi lo tenía claro: no le compensaba la situación. Pero Irati, por supuesto, era incapaz de saciar su sed de aventuras con tan solo haber probado un bocado.

El 20 de diciembre, pocos días después de su último viaje, Javi ignoraba a Irati. No quería que le convenciese para volver. De hecho, no entendía por qué seguía tan empeñada en correr más peligros. También él había disfrutado con las últimas aventuras, pero eso no compensaba el miedo que habían sentido.

—No entiendo qué es lo que te da tanto miedo —se quejaba Irati.

«Pero ¿de verdad había que explicárselo?», se preguntaba él.

Javi había puesto fin a los viajes y se sentía como si se hubiera quitado un gran peso de encima.

Y ahora las Navidades se presentaban tristes para él, sin planes en el horizonte. Y es que su padre cada vez pasaba más tiempo ocupado, haciendo viajes de trabajo y reformas en el museo.

Los días festivos sí que los pasaban juntos, jugando a juegos, haciendo deporte o compartiendo las tareas domésticas. Pero los días corrientes en que su padre estaba ocupado, como aquel, Javi se dedicaba a uno de sus *hobbies* favoritos, como era reparar un reloj de cuerda.

Tictac. Tictac.

Lo había conseguido. Por segunda vez. Y ahora ya no se le ocurría qué más podía hacer. ¡Qué lentos pasaban los minutos ese día! Quería evitar la tentación a toda costa. Pero, al mismo tiempo, deseaba volver a inspeccionar la gruta con más detenimiento.

Se acercó dos veces hasta la puerta. No tenía intención de viajar en el tiempo. Más bien, echar un vistazo inofensivo a las gemas. ¿Qué mal podía hacer? Era el momento y lo sabía. Así que, después de pensárselo mucho, abrió la puerta.

Sintió un escalofrío premonitorio al atravesar la frontera. No recordaba que el yacimiento tuviera tal inclinación y, según avanzaba, el terreno se iba haciendo más abrupto. Avanzaba con mil ojos, acompañado por el eco de sus pies.

Lo más llamativo eran las piedras. Se detuvo a examinar aquel vasto templo de maravillas naturales. Un lugar vibrante, con un fulgor de mil colores que brillaban como estrellas. A cada paso se detenía y fijaba su atención en todos los detalles. ¡Menudo espectáculo!

«Cuarzo blanco, pirita… Con ese color solo podía ser olivino». En efecto, era olivino…

Se dio cuenta a tiempo, pero a punto estuvo de caer, con algo que había en el suelo: un sombrero. Primero le dirigió una mirada suspicaz y, a continuación, lo cogió y empezó a acariciar su tacto.

¿Qué hacía eso ahí? Ni idea. Pero comprendió que no eran los únicos en transitar el túnel.

Necesitaba información a toda costa. Una extraña mezcla entre pavor y curiosidad; como una llama encendida en su cabeza que no era capaz de apagarse por sí misma.

A pesar del miedo que sentía, Javi comprendió que debía compartir la nueva información con Irati.

Respiró hondo.

Estaba claro que tarde o temprano recurriría a ella.

11
El misterio de Irati

¿Dónde vivía Irati? Ni la menor idea. Que fuese a visitarlos al museo no era una opción después de cómo Javi la había ignorado últimamente. Y encontrarla en el colegio, tampoco, ya que estaban de vacaciones.

Enseguida dio con la solución a dónde buscarla. Quien conocía a Irati —y Javi empezaba a hacerlo— sabía que solo podría encontrarla en un sitio.

Miró su reloj. Si cumplía con lo previsto, todavía tenía una hora antes de que regresara su padre. La biblioteca no quedaba lejos de allí, así que, después de muchas dudas, decidió jugársela.

Fue por el camino más corto, que evitaba la plaza Nueva. Una vez en destino, vio la silueta de Irati que se perfilaba con los brazos cruzados sobre un libro. Se dirigió a ella con gesto prudente, pero siendo consciente del poco tiempo que tenían.

—Hola —dijo.

—Hola —le respondió ella.

No parecía sorprendida de verlo allí. De hecho, su cara no expresaba ninguna reacción. Y, aunque tampoco parecía enfadada, bajó la cabeza y continuó leyendo.

—Tengo que decirte algo importante. —Javi sabía que apelar a su intriga era la forma más rápida para captar su atención.

—Vale, pero aquí no podemos hablar.

Irati lo condujo hasta un patio interior, con una magnífica doble escalera imperial, de la biblioteca de Tudela. Sus juegos de luces, sus perspectivas distintas, los múltiples balcones que daban al interior y habían sido testigos de grandes historias palaciegas seguro que, en más de una ocasión, habían sido el escenario perfecto para alguna de las múltiples fantasías de su amiga, pensó el chico.

Javi echó un vistazo alrededor y detuvo la mirada justo en un angelote que colgaba del techo.

—¿Qué quieres? —Irati dio un paso atrás.

Javi se había quedado en una especie de trance, mirando al techo. Bajó la cabeza, aunque seguía sin mirarla. Enseguida le puso al corriente de que había vuelto a la gruta.

Cuando terminó su relato, Irati no contestó enseguida, pero tampoco parecía sorprendida. Javi la interrogó con la mirada, esperando una respuesta.

—Algo así me suponía —dijo Irati al fin.

Por primera vez le habló del hombre con sombrero que los observaba desde la distancia en el pasado.

¿Se trataba de un viajero del tiempo? Tal vez. ¿Por qué no se inmutaba con su presencia ni con sus ropas? Pero la pregunta más importante era ¿sus intenciones eran buenas o malas?

Javi traía un discurso aprendido:

—Ahora que te has leído el diario, nos adelantaremos a los acontecimientos —repuso con voz leve y sin mirarle.

Irati sonrió por dentro, poco convencida. Aun así, dijo:

—Vale, usaremos la llave para volver a ir. —Sus respuestas eran tranquilas y su mirada clara. Pero había algo que todavía no sabía...

En realidad, hay algo que tampoco os he contado a vosotros. Ni Javi quería contar a Irati... Pero después de varias preguntas perspicaces a Javi no le quedó otra que confesar.

—He intentado regresar al pasado, sin éxito.

Hablaba con una mezcla entre vergüenza y cierta gracia. Ni siquiera había sido una decisión. Más bien, un impulso que le había llevado a intentarlo. Aunque ahora se arrepentía, en el momento lo había intentado por todos los medios.

—¿Y nada?

—Nada.

Irati se quedó pensativa. No hizo mención ni pareció ofenderse porque lo hubiera intentado sin ella. Pero sí dijo o, más bien, preguntó:

—¿Todavía guardas la brújula?

Claro, ¡la brújula! ¿Cómo no se le había ocurrido antes?

Bajaron la escalera y salieron aprisa. Se dirigieron al museo y, de camino, Javi le fue poniendo al corriente y charlaron sobre todo y nada.

—¿Tus padres trabajan mucho?, ¿nunca te prohíben salir? —le preguntó Javi en tono forzado, poco propio de él.

—No, ninguno de los dos trabaja. Antes sí lo hacían, pero los dos dejaron su trabajo y nos mudamos a una casa más grande.

Aquello no tenía sentido para Javi y pensó, con cierta malicia, que solo buscaba llamar la atención. Ahora que lo pensaba, la vida de Irati también era un misterio. Nunca hablaba sobre sus padres ni ningún amigo. Leer libros era su refugio, pero ¿de qué se escondía en realidad?

Javi era listo y no solo entendía las palabras, también los silencios. Por ello estaba dispuesto a respetar el de Irati.

Llegaron al museo, que seguía vacío y cerrado.

Sin entretenerse con otras cosas, Javi buscó en un cajón la brújula, que encontró de inmediato. Poco a poco, a medida que la movía, su aguja se fue despertando y empezó a apuntar hacia un punto fijo.

—¿Dónde señala?

Uno de los escenarios favoritos de Irati era la catedral de Tudela. Allí los llevó la brújula. Aquello la hizo muy feliz, porque la chica no solo leía libros, también leía la historia, las calles, los rincones que encontraba en su ciudad. Especialmente, la puerta de la catedral de Tudela, que representaba escenas del juicio final. La mitad izquierda estaba dedicada al cielo, con sus ángeles y sus criaturas fabulosas. Pero a la derecha..., a la derecha estaba el infierno. Y en ella, las imágenes esculpidas representaban demonios, pecadores y condenados de una manera tan gráfica que siempre le ponía los pelos de punta.

—La catedral se empezó a construir durante el reinado del padre de Berenguela —le explicó Irati—. De hecho, Sancho VII aparece representado en la puerta y no sale bien parado.

Atravesaron el portón y sintieron una extraña fusión entre el pasado y el presente, como si el ambiente estuviera cargado de historia. Avanzaron por el templo, fijándose en esculturas de gran riqueza. Iban posando la mirada en capillas y retablos. Dentro, todo permanecía inmóvil y en silencio, excepto ellos. A Irati, en un momento dado, se le iban los pies hacia la capilla de Santa Ana, pero Javi la detuvo en seco.

—Indica hacia allí —llamó su atención y le redirigió el rumbo.

Junto a la puerta que daba a la plaza Vieja había un triángulo bocabajo, como una flecha que señalaba hacia el suelo.

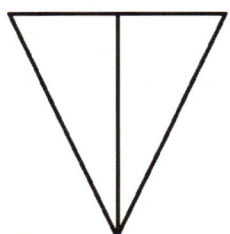

—Una nueva marca de cantero. ¿Indica el subsuelo?, ¿los cimientos?, ¿algún pasadizo secreto? —se preguntó Javi contrariado.

Pero Irati tenía otra idea en la cabeza. Acarició el grabado con la palma de la mano y, a continuación, dijo:

—Así que este es el siguiente objeto que debemos encontrar.

12
La puerta de los
tres herrajes

—Papá, mira quién ha venido a vernos.

—Hola, Irati. ¿Estás bien? Hace mucho que no te pasabas por aquí.

—Sí, muy bien. Gracias.

Nada más salir de la catedral, los chicos habían regresado al museo. Disponían de un par de pistas sobre el siguiente objetivo, pero se encontraban perdidos sobre cuál iba a ser el siguiente paso.

—Esta vez hemos encontrado primero la marca de cantero. Necesitamos encontrar un objeto igual a su dibujo, para que, al juntarlos, nos abra la puerta al siguiente tramo de la historia de Berenguela...

—Como pasó la última vez. ¡Brillante! —exclamó Javi.

—El problema es dónde puede estar —se quedó pensativa Irati—. Supongo que tendremos que volver a recurrir a la brújula...

Volvieron a quedar por la tarde para seguir con la investigación. Aunque Javi no sabía qué excusa dar para ausentarse más de la cuenta. Daba vueltas al asunto en su cabeza. Había sopesado todas las opciones. Incluso había ensayado qué diría. «Venga, Javi, suéltalo». Cuando por fin abrió la boca para pedir permiso, Irati se le adelantó y dijo:

—Quería invitaros esta tarde a una merienda. Celebro mi cumpleaños —añadió con osadía y en gesto natural.

Sonaba tan convincente que incluso Javi la creyó.

—¿Cuándo es? —preguntó su padre.

Javi no se atrevía ni a moverse.

—La merienda, esta tarde. Mi cumpleaños, más adelante —respondió Irati con presteza y eligiendo cuidadosamente las palabras.

El padre de Javi arqueó una ceja y, aunque le pareció descortés rechazar la invitación, dijo:

—Está bien, Javi irá. Yo tengo trabajo por hacer, pero, por favor, no os separéis del grupo y no os retraséis más de la cuenta —dijo como si quisiera quitarse la conversación de encima—. Ah, ¡y felicidades!

—Gracias.

La sonrisa de Javi era poco convincente. Su padre se pasó la mano por la cara y salió de allí, murmurando algo que ninguno de los dos llegó a entender.

Un momento después, Javi le dirigía a Irati una mirada de asombro y, cuando le preguntó por su cumpleaños, Irati se limitó a decir:

—Dentro de tres meses, a mediados de marzo.

Esa misma tarde, cuando Javi terminó de comer, preparó la mochila con todo tipo de utensilios y salió a la calle. Irati ya lo esperaba.

Una vez fuera, el chico se detuvo a mirar la brújula, que volvía a señalar hacia el norte.

—No puede ser —dijo entre dientes. Y se detuvo a pensarlo.

—¿Qué pasa? —quiso saber Irati.

El chico señalaba la puerta del museo y, a continuación, a Irati otra vez. Algo no cuadraba en absoluto. La brújula señalaba un momento hacia el sur. Y luego, al norte de nuevo.

Solo podía significar una cosa: la brújula apuntaba hacia algún lugar dentro del museo.

—¡Mira en el armario! —dijo con impaciencia.

Allí encontraron el mapa antiguo de Tudela que habían usado en otras ocasiones. Javi lo desplegó y estudió, con una intensidad propia de un detective. El mapa los puso de nuevo sobre la pista correcta. Había una flecha hacia abajo, igualita al símbolo que habían visto en la catedral de Tudela. Solo que, en este caso, la flecha tenía una B grabada y quedaba dibujada en el terreno ubicado entre Tudela y la cercana villa de Fontellas.

—Si no me equivoco, en ese terreno Berenguela poseía un huerto.

Debían cruzar la ciudad para encontrarlo.

Emprendieron una marcha rápida y precipitada por el frío. El silbido del cierzo los acompañó en todo momento y, dada la estación en que se encontraban, sabían que la luz del día acabaría pronto.

Sus pasos los llevaron por un sendero embarrado hasta un campo lleno de maleza, ubicado entre los dos municipios. Las primeras escarchas ya espolvoreaban los campos. A la derecha había cultivos. Pero también, terrenos abandonados y una zona de altas hierbas.

Rodearon una pequeña cabaña abandonada con la esperanza de que fuese el lugar indicado. Pero, obviamente, no tuvieron tanta suerte.

Javi no apartaba la vista del mapa. Inequívocamente, el lugar señalado estaba...

—¡Ahí!

Dicho y hecho. Irati trepó el muro que los separaba del lugar y saltó al otro lado. Mientras, Javi, quieto y mudo, esperaba sus instrucciones. Después de diez minutos de intriga, Irati le pidió la mochila y Javi se la lanzó desde el otro lado.

—¿Necesitas ayuda?

Irati no respondió, pero el ruido que se oía era como de remover tierra y apartar piedras. Aquello resultaba infinitamente más estimulante que ningún libro. Eran fugitivos que buscaban un tesoro que los llevaría a conocer nuevos mundos. Escapar de una realidad gris.

La mayor parte del terreno estaba sembrado y lleno de vegetación. Pero había un sitio, muy concreto, donde la mala hierba se acumulaba. Ahí precisamente estaba Irati.

Transcurrió media hora de incertidumbre. La claridad iba disminuyendo, hasta que, finalmente, una mano se alzó sobre el muro. Irati sujetaba una flecha de cobre que apuntaba hacia abajo.

—¡La tengo! —gritó desde el otro lado.

Comentando la situación, regresaron al museo. Irati no tenía otro pensamiento en la cabeza que la alegría por reencontrarse con unos personajes que ya eran parte de su vida.

—«Él me cubrió de oro y regalos. Yo le di mi mayor tesoro: el tiempo que me quedaba por vivir». Esa es la única descripción que aparece en el diario de Berenguela sobre el día de su boda. Lo demás ha sido arrancado —explicaba Irati a Javi mientras se preguntaban si podrían asistir.

Javi sacó la flecha de su mochila y, a continuación, la llave. Probó en las distintas posiciones. Realizó diferentes movimientos. Nada. Primero dio tres cuartos de vuelta y después volvió a girarla en dirección contraria. Nada de nada.

—¡Claro! ¡La flecha y su símbolo deben juntarse!

«¡Ah, bueno!»*. Irati se lo había quitado de la boca. Debían regresar a la catedral para que símbolo y objeto contactasen.

No era horario de misa y, por suerte, el templo estaba tranquilo. Nadie los observó juntar la flecha con el símbolo, pero tampoco hacían contacto. Al juntarlos nada pasó.

—No entiendo por qué no se iluminan, si encajan a la perfección.

Permanecieron ahí, justo al lado, dándole vueltas, hasta que se oyó un ruido estrepitoso. Bueno, en realidad, fueron tres.

¡Pum!, ¡pum!, ¡pum!

—¿Qué ha sido eso?

¡Clic!

—Ni la menor idea.

Una puerta se había abierto al otro lado de la catedral.

—Mira esa puerta de madera, se han abierto sus tres herrajes.

—¡También ha caído una llave! ¡Es gigante!, justo delante de la Virgen Blanca.

Javi fue a recogerla y, a continuación, alzó la cabeza, mirando la puerta sin comprender... Resultaba curioso el hecho de que esta no se encontrara a ras de suelo. Nada de eso. Estaba en la pared, ¡a más de dos metros de altura sobre el suelo.

—La puerta se construyó en época de Berenguela. La colocaron ahí, inaccesible, para guardar los documentos secretos que guardaba la iglesia —respondió Irati a una pregunta que solo estaba en su cabeza.

Javi siguió mirando la llave durante minutos.

—¡Tenemos la siguiente llave! —soltó Irati animada. Aunque Javi no parecía tan convencido—. ¿Qué pasa? —preguntó ella.

«Pasa que alguien está jugando con nosotros. Que alguien tiene acceso a los recovecos más recónditos de Tudela y los manipula ¿con magia?, ¿con tecnología sofisticada? Pero lo más importante, pasa que alguien poderoso nos está llevando a algún sitio. ¿Adónde?».

Todas estas cosas pasaban. Y todo eso le podría haber contestado Javi a Irati. Sin embargo, ni siquiera era capaz de abrir la boca. En vez de eso, se dejó llevar por el brazo impaciente de su amiga, que tiraba de él, y ambos se encaminaron de vuelta al museo.

Una vez allí, repitieron el proceso de la vez anterior. Primero una sacudida y, a continuación, el suelo que se alejaba de sus pies.

13
Dos caras, una moneda

Limasol, 12 de mayo de 1191

Aparecieron en una colina junto al mar. Desde su estratégica posición, disfrutaban de un excelente panorama de la capilla de San Jorge en Limasol (Chipre). La ciudad ofrecía ambiente festivo y permanecieron unos minutos contemplando la escena. Hasta que vieron salir a la pareja del brazo como recién casados y a Berenguela coronada reina de Inglaterra y Chipre,[6] además de duquesa de Normandía y condesa de Anjou.

—Resulta tan extraño estar aquí y no poder contárselo a nadie —dijo Javi.

Pero Irati no parecía de acuerdo. Todo se podía contar en un libro.

—¡Vamos! ¡Acerquémonos más! —dijo movida por la emoción.

Se habían vuelto a sumergir en la historia. Concretamente, en el 12 de mayo de 1191, y su atmósfera hechicera era cada vez más

---

6 Tras la ocupación de Chipre, Ricardo se autoproclamó rey de dicho país y Berenguela, al casarse con él, recibió el título de reina de Chipre.

intensa. La música viajaba por las calles y el vino endulzaba el ambiente de los que se congregaban alrededor de la capilla, dispuestos a no perder detalle. Allí se perfilaban decenas de figuras engalanadas para la ocasión.

Ricardo llevaba una túnica de brocado rosa con capucha escarlata. Su capa tenía bordados en oro. Y la vaina de su espada estaba decorada en plata y oro.

Pero quien capturaba todas las miradas, sin duda, era Berenguela. La nueva reina iba ataviada en una túnica escarlata y aterciopelada, salpicada en decenas de diamantes blancos. El pelo le caía sobre los hombros y hacía que destacase la corona.

En definitiva, ninguno de los dos se desprendía de una cálida sonrisa.

Pero cuando Javi e Irati se acercaron para verlos mejor algo los arrancó del lugar. Como quien termina un sueño delicioso y va a parar a una pesadilla.

Nunca olvidarán la escena que encontraron a continuación: veían de primera mano una odisea. Entre todas las figuras, destacaba la de Ricardo. Y con su leyenda de guerrero no dudaron un instante de en dónde se encontraban. ¡Batallas! Ni más ni menos que en la tercera cruzada.

¡Bammm!

El sonido de un golpe había sonado demasiado cerca. Y la cara de Javi era digna de ser vista. De repente, se arrepentía de estar allí.

Aunque para los dos era imposible no pensar en lo lejos que estaban de casa, nadie reparaba en su presencia. Era como si fueran invisibles. Excepto, claro, para el viajero del tiempo, quien los observaba desde el horizonte. Y esta vez también lo divisó Javi.

Se encontraban en la ciudad costera de Acre, que llevaba tiempo siendo asediada por franceses y alemanes. Pero la tropa más numerosa en hombres, armas y provisiones, sin duda, llegaba a las órdenes del rey de Inglaterra, a quien franceses y alemanes recibieron con trompetas, dándoles la bienvenida. ¡Por fin llegaban refuerzos!

El sultán Saladino había reforzado las murallas para resistir al asedio. Pero los constantes ataques con flechas y catapultas que recibía por parte de los cruzados habían causado bajas y la desmoralización entre sus hombres.

Las naves cristianas también rodeaban la ciudad por mar, lo que impedía la llegada de refuerzos o alimentos. Saladino las esperó demasiado. Y el 11 de julio, las banderas de Inglaterra, Francia y Alemania, entre otras, ondeaban ya en lo alto de la torre de San Juan de Acre.

Pero Ricardo, que las vio, quitó de la ciudad el estandarte germán y lo arrojó al foso.

No quería compartir la gloria.

Aquel detalle no pasaría desapercibido para nadie. Tampoco para Javi e Irati. Los únicos por entonces en conocer las futuras consecuencias que traería aquello.

Las escenas de batalla se fueron sucediendo de una manera que daba vértigo. No necesariamente del mismo día. Ricardo no daba muestras de flaqueza, pero su cuerpo estaba enfermo y se sentía cada vez peor.

De repente, estaban en un pabellón lleno de tiendas, alejados de la batalla. Los estandartes ondeaban decadentes, casi por obligación, en una noche opaca y traicionera, donde los hombres, heridos, estaban por todas partes.

En el lugar olía a cera quemada y a humedad. El aliento de la guerra atragantaba una cena privada que tenía lugar en la tienda de Ricardo y Berenguela.

—¿Cómo estás? —le preguntó ella.

—Todo bien —repuso él. Pero su expresión no acompañaba a la mentira—. En una emboscada, a punto estuve de ser capturado —siguió contando—, pero uno de mis caballeros gritó en árabe que él era el rey y aquello me salvó. Hasta ahora hemos conquistado Acre, Arsuf, Jaffa..., nuestro objetivo final es Jerusalén.

—Alabo tu estrategia en batalla y el ingenio y la lealtad de tus hombres —dijo ella, en tono ceremonioso—. Pero me refiero a cómo te encuentras. Estás ardiendo, tenemos que llamar al médico.

Ricardo no dio señales de haberla oído. Berenguela le robó una mirada y descubrió que su cara había empezado a desfigurarse. Tenía llagas en labios, párpados y nariz, que empezaban a borrarle el rostro.

Vivía por y para la guerra. Su afán por conquistarlo todo, en realidad, le había llevado a perderlo, pensó ella.

—No. No quiero que esto se sepa —y así, Ricardo puso fin a la conversación. Y Berenguela, que asintió leve, siguió sorbiendo sopa.

Día tras día, del alba al ocaso, el rey continuaba supervisando las líneas de batalla. Primero lo hacía a caballo. Para el asalto final, tendría que ser llevado en literas, desde las que, a duras penas, seguía el desarrollo.

Aquello tuvo un efecto en Berenguela, que, preocupada por su salud, se dirigió a hablar con el médico. No le dijo, no obstante, para quién pedía los remedios. O, más bien, mintió y dijo que eran para un soldado fiel a Ricardo.

—Por lo que me decís, el rey..., quiero decir, su soldado —se corrigió, aunque había quedado patente la mentira— tiene una enfermedad que produce altas fiebres, dolores intensos y escalofríos constantes. Podría llegar a perder el pelo o las uñas. Y necesitará tomar esta infusión que os voy a recetar.

Durante años, Berenguela había estudiado el arte de la medicina. Incluso había cultivado plantas curativas en el huerto que poseía entre Tudela y Fontellas. No le eran desconocidos los remedios naturales y las enfermedades de la época.

Cada día, en ayunas, Berenguela preparaba su infusión de hierbas, que, a pesar de todo, no le hacía mejorar. Lo intentó con todo lo que tenía a su alcance. Probó con paños húmedos en la frente, nieve de las montañas de Damasco; hizo traer belladona, que, sabía, tenía incontables beneficios. Pero la mejoría que experimentaba Ricardo era leve.

Así que Berenguela empezó a anotar en un cuaderno cada planta que le suministraba. Cómo la preparaba, sus características y los resultados que obtenía con cada una de ellas. En poco tiempo logró tener un herbario completo y demostró ser muy meticulosa.

Irati se cruzó de brazos y se acercó hasta la reina. Empezó a admirar la calidad de sus dibujos y la riqueza de los detalles. A medida que lo hacía, iba descubriendo la abundante información que contenía. No solo remedios para Ricardo, sino también ungüentos creativos que probaba en sí misma y pociones viscosas que curaban a más de un herido.

No obstante, el rey seguía sin recuperarse. Desesperada, Berenguela empezó a preguntarse qué más podía hacer. A veces, incluso se lo quedaba mirando fijamente, como si pudiera devolverle la salud a fuerza de voluntad. Pero enseguida comprendía que había hecho todo lo que estaba a su alcance. Y, aun así, no era suficiente.

Pero sí había algo que el rey podía hacer por sí mismo.

—¿Un día de descanso? —Aquello tomó a Ricardo por sorpresa—. Un rey nunca descansa. La batalla tampoco. Además, mis hombres me necesitan.

Se puso en pie, aunque le costó un gran esfuerzo.

—Tus hombres te necesitan sano y fuerte. No enfermo y débil —le rebatió ella.

Ricardo soltó un gruñido y Berenguela se arrepintió de haberlo dicho. Si algo no soportaba era que le llevaran la contraria. Mucho menos que lo tratasen de débil.

Se disculpó con él y Ricardo entonces repuso:

—No puedo faltar un solo día. Además, nadie debe notar mi ausencia.

Descansar era lo último que quería. Consideraba otros asuntos más importantes, como no abandonar a sus hombres. Pero Berenguela no era de las que se daban fácilmente por vencida.

—Hay formas de solucionar eso —insistió con voz dulce para ver cómo respondía—. Alguien podría hacerse pasar por ti. No vas a curarte si no te involucras en tu sanación. —Sinceramente, así lo creía.

Abatido de cansancio, físico y mental, Ricardo se dejó caer sobre una silla y se quitó la armadura. Llevaba en la coraza del pecho un león que brillaba a la luz de las antorchas.

A regañadientes, se tomó un único día libre, que pasó en el lecho descansando, entre infusiones curativas y largas conversaciones para conocer a su reina. Hablaron con una intimidad de la que, hasta ahora, no habían dispuesto. Y su corazón fue llenándose poco a poco de afecto. Pero, sobre todo, de energía que su cuerpo necesitaba para sanar.

Solo entonces fue sintiéndose mejor.

—¿Cuánto tiempo llevamos aquí? —la preocupación de Javi se reflejaba en su rostro.

El tiempo había pasado de manera extraña últimamente. Y no sabían si llevaban horas, días, minutos o incluso un mes. Y aunque a veces se sentían parte de la historia, otras, solo querían salir de allí.

14
Maestro del disfraz

Viena, diciembre de 1192

—Los desacuerdos entre los cruzados, las deserciones y las malas noticias que llegaban de Inglaterra precipitaron la tregua con el sultán Saladino y se acordó el libre tránsito a Jerusalén para los peregrinos cristianos.

—¿Qué malas noticias llegaban de Inglaterra? —quiso saber Javi.

—Juan Sin Tierra, el hermano de Ricardo, se había aliado con el rey de Francia, enemigo de Ricardo, y le había arrebatado el trono de Inglaterra. ¡A su propio hermano!

—¿En serio hizo eso?

Irati asintió y miró alrededor. Por más que lo pensaba, no comprendía por qué habían aparecido en una posada a las afueras de una ciudad. Allí se escuchaban diversos idiomas y, por las conversaciones, supieron que estaban cerca de Viena.

Cada vez que se abría la puerta, desviaban la vista de la barra, en busca de Berenguela. Y, aunque el lugar estaba atestado de gente, allí solo vieron un rostro conocido: el supuesto viajero del tiempo, que siempre los acompañaba, pero nunca intervenía. Habían empezado a acostumbrarse a su presencia.

Era casi de noche cuando se abrió la puerta y se perfiló la silueta de unos peregrinos, vestidos con ropa humilde. Aunque había algo extraño en su porte. Tal vez sí tuviesen los pies doloridos y el rostro sucio, pero la expresión de su cara era, más bien, altanera. Como si menospreciaran a los presentes. Especialmente, el más alto de ellos, de pelo rojizo, quien apenas dirigió una mirada al posadero, pidió carne de ave para él y jarras de cerveza bien fría para todos.

Javi tardó un buen rato en darse cuenta, pero, después de un breve examen, se llevó una mano al lado de la nariz, como para hacer una confidencia:

—¿No es ese Ricardo?

Irati observó su rostro y se le iluminó la mirada.

—¡Es verdad! —dijo.

Por más que lo intentaba, Ricardo no era de los que pasaban desapercibidos.

Irati entonces puso al corriente a Javi de la información que disponía:

—«De vuelta a Inglaterra, el viento había hecho naufragar su barco y habían atracado en Corfú. Por seguridad, el rey primero se había disfrazado de caballero templario. Pero su barco había encallado cerca de Venecia, lo que les había obligado a seguir una peligrosa ruta terrestre por Europa Central...».

Aquello explicaba los disfraces. Se habían vestido de peregrinos y, acompañado por sus hombres, Ricardo se sentía a salvo. Disfrutaba de la sensación de poder ser cualquier persona y moverse libremente en territorio peligroso sin ser reconocido.

Los peregrinos tomaron asiento en la mesa más alejada a la barra.

Javi e Irati siguieron el desarrollo de los acontecimientos con gran interés. Pero el camarero también parecía extrañado por la presencia de aquellos forasteros.

Se alejó rápidamente a la cocina y los chicos fueron tras él.

—¿Carne de ave? ¿Has dicho carne de ave? —El dueño de la taberna no daba crédito—. ¡Solo la aristocracia pide carne de ave! ¿Estás seguro de que no eran nobles? —insistió.

—Sí —dijo despacio el empleado—, son peregrinos que visten ropa humilde.

El dueño de la taberna salió a inspeccionar la escena por sí mismo. Efectivamente, iban vestidos de baja condición, pero había algo en su porte que resultaba poco convincente.

Sin duda, el disfraz estaba logrado. Pero al hombre alto se le veía en el dedo un lujoso anillo que valía más que su posada. Seguramente, más que sus posesiones y las de sus vecinos, ¡juntos!

¿Por qué se hacían pasar por gente humilde? Él era astuto y estaba dispuesto a descubrirlo. Pero, sobre todo, a sacar partido de ello.

—¡He dicho carne de ave! Estamos hambrientos tras un largo viaje. —El falso peregrino echaba humo.

—Por supuesto —dijo con gesto teatral el posadero—. Enseguida se lo preparamos. Pero, antes, permítanme amenizarles la espera con un poco de cerveza fresca, queso de cabra, huevos y nuez moscada. Por supuesto, invita la casa.

«Un momento... ¡Espera un momento!». Los peregrinos parecían conformes con la oferta. Pero Javi e Irati se miraron como diciendo «solo busca ganar tiempo».

Javi clavó los ojos en el horizonte. Parecía furioso y muy pensativo. «¡Tenemos que hacer algo!». Por su forma de ser, el chico era incapaz de quedarse de brazos cruzados. Sentía que debía hacer algo, pero sabía que eran meros espectadores.

Irati veía las cosas de manera distinta. Estaban recuperando fragmentos olvidados de la historia. Y, en ocasiones, con la memoria histórica era suficiente. «A veces lo más difícil —y lo único que podemos hacer— es aceptar las cosas como son. Y confiar en que, con el tiempo, llegaremos a comprender por qué sucedieron».

Los falsos peregrinos empezaban a comer con gesto ávido y taciturno, cuando una serie de hombres entró en el local. El que iba primero señalaba en dirección a Ricardo y, lo siguiente que pasó, fue que todos se le echaron encima.

Ocurrió muy deprisa. Le sujetaron por un brazo y, aunque él consiguió estampar un par de hombres contra la pared, enseguida llegaron más y más, hasta retenerlo por completo a pesar de su resistencia.

—¡De esta no te libras! ¡Quedas detenido en nombre de Leopoldo V de Austria!

El rostro de Ricardo empezó a adquirir un tono azul verdoso, poco acostumbrado a no salirse con la suya. Desde luego, no esperaba resistencia. O, mejor dicho, no esperaba que nadie estuviera a la altura de su inteligencia.

Javi e Irati miraban la escena con aprensión. ¿Por qué sentían lástima por él después de todas las atrocidades que le habían visto cometer? Irati no se quitaba de la cabeza a Berenguela. Esa era la verdadera razón. ¿Cómo iba a reaccionar al enterarse? ¿Estarían allí para verlo?

Regresar a tiempo a sus casas había pasado a un segundo plano. Ahora lo más importante era no perderse detalle.

15
Tiempo de leyendas

Febrero, 1194

Mientras tanto, Berenguela y Juana habían llegado sin incidentes a Roma. Se establecieron en la ciudad y, mientras un día caminaban por el mercado, Berenguela vio en un expositor a la venta un cinturón enjoyado que reconoció de inmediato. «¡Es de Ricardo! ¡Algo no va bien!».

Javi se quedó pasmado al oír tan extraña anécdota. Él ni siquiera era capaz de reconocer su ropa. Mucho menos, un cinturón de otra persona.

—Pues así fue como Berenguela se dio cuenta de que algo pasaba. El rumor se extendió enseguida por Europa: ¡el rey Ricardo estaba preso! Y nadie sabía dónde estaba.

Javi iba a responderle, cuando se dio cuenta de que estaban en un castillo. Era de noche y bastante tarde. La sala donde se encontraban estaba cubierta por sombras. El rey Ricardo estaba allí y tenía un aspecto aterrador a la luz de las antorchas. Como un temible justiciero reducido a poco más que sus despojos. Tenía un abundante pelo leonado y unas ojeras terriblemente marcadas. Había perdido peso y parecía que le hubiesen caído años de golpe. Se podría decir que llevaba días, tal vez semanas, prisionero en aquella celda.

—El duque de Austria lo entregó al emperador alemán —prosiguió su relato Irati y Javi recordó el incidente con las banderas—[7]. Primero fue prisionero en el castillo de Dürnstein, sobre el Danubio. Más tarde, en diferentes castillos de Alemania. Era como si jugasen al despiste para que nadie lo encontrara. Se pidió un rescate desorbitado a cambio de su liberación.

—Y lo pagaron, claro está —repuso Javi en tono suave, como si temiera otra respuesta.

—No fue tan sencillo —respondió Irati, muy a su pesar, e insistió en el hecho de la cantidad desorbitada que habían pedido por su rescate—. Tanto Berenguela como la madre de Ricardo pusieron en marcha un plan para liberarlo. Empezaron a recaudar impuestos a condes, clérigos... Leonor se puso en contacto con príncipes y ¡hasta con el mismísimo papa! para pedirles ayuda.

Javi entonces se mostró sorprendido y fastidiado. Aquello no se lo esperaba para nada. Para él, el rey era capaz de todo con solo chascar un dedo. Pero en aquella ocasión no era así.

Desvió la mirada hacia el rey, que se encontraba al otro lado de la celda. En vez de quedarse quieto, Ricardo escribía una carta junto a una vela, bajo una pequeña ventana que mostraba la luna creciente.

Irati se acercó hasta él para curiosear el texto y descubrió un poema romántico. A pesar de no entender el idioma, en el texto destacaban palabras que interpretó como «bella» o «amor».

Pero no era la única carta que tenía escrita y a su lado había más. Algunas en tono vengativo y belicoso.

---

[7] Ricardo fue capturado por Leopoldo, duque de Austria, a quien había insultado en Palestina al ordenar que el estandarte de su país fuera arrojado de las murallas de Acre. Leopoldo lo entregó al emperador alemán Enrique, el acérrimo rival de Ricardo.

—¿Qué hizo Juan, el hermano de Ricardo, al enterarse de que Ricardo estaba preso? —quiso saber Javi.

—Buena pregunta —le concedió Irati—. Él y el rey de Francia ofrecieron al emperador la misma cantidad que pedía por su rescate ¡para que lo mantuviera preso!

—¿Y qué ocurrió? —preguntó Javi con cierta ansiedad.

—Que el emperador les respondió que, o el doble, o nada.

Y Javi suspiró aliviado.

En ese momento, entró en la celda un guardia. Se hizo un silencio total, excepto por el ruido de un plato al caer sobre la mesa y un poco de sopa que se derramó por todas partes.

—Los presos deben mostrar más respeto y agradecimiento —dijo al ver su cara. Y es que Ricardo lo miraba con un rencor implacable.

El incidente hubiera carecido de importancia de no ser por las palabras que a continuación pronunció Ricardo:

—Nací con un rango que no reconoce ningún superior que no sea Dios.

Javi e Irati acababan de ser testigos de una frase que pasaría a la historia.

Como es de suponer, el guardia no fue capaz de decir nada. Tal vez por miedo a futuras represalias o por resignación, quizá por ambas, escupió en el suelo y salió de la celda.

Ricardo se tomó la sopa con desgana. Y, luego, algunos minutos más tarde, se recostó sobre el suelo como pudo y enseguida cayó dormido, presa de una gran fatiga.

En aquel lugar de desolación reinaba un profundo silencio, hasta que empezó a resonar una leve melodía triste que llegaba desde más allá de los muros del castillo. Era como un débil eco. La distancia impedía percibirla con claridad. Como si se encontraran en el piso superior y la música les llegara desde la planta baja. De primeras, solo Irati la oyó. Ricardo seguía dormido, mientras que lo único que Javi oía era el tenue crepitar de las llamas.

—¿Has oído eso?

Irati empezó a escuchar con todos los sentidos. ¿Acaso había esperanza?

Ricardo seguía inmerso en un sueño tan profundo que no era capaz de percibir nada. Parecía crucial captar su atención. ¿Estaría ahí la clave de su libertad? ¿Serían ellos testigos de primera mano?

Ja nus hons pris ne dira sa raison. Adroitement, se dolantement non...

Nada. Silencio. Y se repitió la misma armonía de manera insistente:

Ja nus hons pris ne dira sa raison. Adroitement, se dolantement non...

Ricardo seguía sordo al mundo exterior. En varias ocasiones creyeron que se despertaba, pero no fue así.

Ja nus hons pris ne dira sa raison. Adroitement, se dolantement non...

Javi e Irati esperaban, casi sin hablar, el momento de verlo despertar. Pero la situación se mantenía sin cambios.

—Tenemos que hacer algo. —Javi estaba resuelto, sin poder contenerse apenas.

Irati comprendió que era cierta la leyenda de un trovador[8] que recorría los castillos de Austria y Alemania en su búsqueda. Cantaba una canción que solo el rey y el propio trovador conocían.

Sí, eso era lo que ocurría. Pero, si no recibía pronto una respuesta, el trovador partiría hacia otro castillo y nunca encontrarían a Ricardo.

—¿Qué podemos hacer? —se planteó Irati—. Ricardo no nos oye. Tampoco nos ve.

---

[8] Es famosa la leyenda en la obra ficticia *Récits d'un ménestrel de Reims* (década de 1260), que cuenta la historia de un trovador que buscó al rey de Inglaterra, en Alemania y Austria, cantando de castillo en castillo, buscando la respuesta de Ricardo.

Iba a decir algo más, cuando vio a Javi intentando interactuar con los objetos: derribar la mesa y mover una antorcha. Cualquier esfuerzo resultaba inútil. Era como si no estuvieran. Y la melodía que se iba apagando y sonaba cada vez más lejana. Como si el trovador empezara a descartar la posibilidad de encontrarlo allí.

A Irati se le ocurrió entonces un último recurso. A pesar de la situación, había esperanza. De pronto, dio un grito:

—*Ja nus hons pris ne dira sa raison* —empezó a imitar la ristra de sonidos confusos.

Pero la segunda parte le resultaba más complicada, así que Javi, que comprendió su maniobra, no pudo menos que ayudarla.

—*Adroitement, se dolantement non...* —concluyó su frase.

El corazón les latía con fuerza.

Y de nuevo, otra vez, los dos y a la par. Varias veces cantaron junto a la oreja de Ricardo.

—*Ja nus hons pris ne dira sa raison. Adroitement, se dolantement non!... Ja nus hons pris ne dira sa raison. Adroitement, se dolantement non!...*[9]

Entonces Ricardo, súbitamente, abrió los ojos y levantó la cabeza. Empezó a mirar alrededor como si decidiese si estaba despierto o seguía soñando. Empezó a buscar dentro de la celda. ¿Acaso los podía oír? Si así era, sus voces le llegaban lejanas. Como un sonido de ultratumba que solo captan ciertas personas.

Y se produjo el milagro:

—*Mais par effort puet il faire chançon*[10] —entonó Ricardo, continuando con la siguiente parte de la misma melodía. Y la repitió otra vez, solo que ahora más fuerte—: *Mais par effort puet il faire chançon!*

El rey se asomó por la ventana y lo vio: Blondel de Nesle. Tal vez no fuese el más astuto de sus trovadores, tampoco el más fuerte o valiente. Pero sí el más leal y tenaz y por eso le había encontrado. Ricardo prorrumpió en sollozos por primera vez.

Su trovador no se desprendía de una sonrisa triunfal que le ocupaba toda la cara. No era el único. Por primera vez, Javi se sentía pieza indispensable en el tablero y pensó, con satisfacción, que ellos también habían contribuido en el rescate.

---

[9] Ningún hombre prisionero puede explicar sus pensamientos hábilmente como si no sintiese dolor'.

[10] Pero para consolarse, puede escribir una canción'. Con estos versos da comienzo *Ja nus hons pris*, una canción escrita en cautiverio por el rey de Inglaterra Ricardo I, Corazón de León.

16
El demonio anda suelto

Winchester, 17 de abril de 1194

—Una vez que Ricardo quedó libre, tenía muchos asuntos pendientes por resolver.

—Claro, su hermano Juan le había robado la corona de Inglaterra.

—Con ayuda del rey de Francia —puntualizó Irati—. Se dice que, cuando este se enteró de su libertad, escribió a Juan una carta en la que ponía «cuídate, el demonio anda suelto».

—Razones tenían para estar asustados.

Ricardo se dirigía a caballo hacia el castillo donde le esperaba su hermano, el usurpador. Antes de llegar, ya había veinte pares de ojos que lo observaban desde la torre más alta. Llegó al borde y el puente levadizo empezó a bajar. Su madre, Leonor, fue en su búsqueda y lo recibió con honores. No así su hermano Juan, quien seguía escondido en una de las estancias más pequeñas.

Ricardo cruzó a zancadas el castillo, que parecía un lugar nuevo bajo el dominio de su hermano. Finalmente, lo encontró agazapado, como si llevara tiempo temiendo ese momento.

—Ricardo... —balbuceó al verlo pasar.

—Juan, no diré que esto me sorprenda, pero sí que has cruzado todos tus límites.

Juan respiró para recuperar la compostura y, a continuación, dijo:

—Lo hice por el bien del reino. Pensábamos que estabas muerto —y empezó a soltar una serie de tonterías que Ricardo no se creyó.

—¡Pon fin a esta situación y organiza una nueva ceremonia para devolverme el trono! —dijo sin pestañear Ricardo—. ¡Ah! Y el mismo día se nombrará caballero a Blondel de Nesle. Será mi escudo y tendrá todos los honores.

A Juan no le quedó otra que agachar la cabeza, y, humilde, hincó la rodilla.

Entonces se produjo un fogonazo.

Javi echó un vistazo alrededor. La luz ahora entraba por las vidrieras y bañaba el trono, aún vacío, que esperaba nuevo rey. Las campanas repicaban para convocar a los ciudadanos. Efectivamente, estaban en la —segunda— coronación de Ricardo, en Winchester, el 17 de abril de 1194.

Juan notaba todos los ojos clavados en él. Todo eran aclamaciones para su hermano. Grandes damas y señores, campesinos, clérigos, mendigos y ladrones... ¡Hasta los caballos parecían burlarse de él! En definitiva, una multitud que se apiñaba para presenciar su humillación. ¡De quien había sido su rey! Solo que ahora quedaba tan lejos...

Lanzó una mirada asesina y juró vengarse. No solo de Ricardo, también de las personas más cercanas a él. Y se prometió que un día volvería a ser rey.

—Ricardo saboreó un primer atisbo de venganza al someter a su hermano y recuperar el trono de Inglaterra —continuó explicando Irati—. Pero enseguida regresó al castillo de Angers, donde le esperaba Berenguela. Aunque Ricardo seguía con el rey de Francia metido en la cabeza y, sobre todo, sed de venganza.

—Querrás decir justicia —le corrigió Javi—. Ellos le habían traicionado primero.

—Sí. En ausencia de Ricardo y tras la coronación de Juan, todo había sido un desastre en Inglaterra. Se dice incluso que un forajido arquero se escondía entre los bosques y defendía a los pobres y oprimidos de los abusos del nuevo reino. Me refiero, por supuesto, a Robin Hood.

No había terminado de decir esto, cuando reaparecieron en otro lugar. El aire volvía a oler a cera quemada y rosas rojas, la flor favorita de Berenguela. La reina de Inglaterra recibía a su esposo en la biblioteca del palacio en Angers, donde residían. Sentada al pie de la ventana, oyó la puerta y se tensó. «¿De verdad estaba allí? ¿De verdad había regresado? Solo alguien como Ricardo era capaz de regresar de cautiverio más heroico.

La parte más inocente de Berenguela se hubiera abalanzado sobre él. La reina que había dentro de sí esperó a que él se acercara.

—Cómo os he echado de menos, mi reina. —Ricardo la abrazó y empezó a relatar lo vivido durante los últimos meses—. Mi ausencia también ha provocado revueltas por parte de los nobles. Llevan tiempo sin sentir mi autoridad y se ha notado con faltas de respeto en ciudades como Poitiers o Caen. Algunos, incluso, se han ofrecido al rey de Francia. ¡Con todo lo que he hecho por ellos! ¿Te lo puedes creer? —y alzó una ceja.

Berenguela no quería ni oír hablar de más batallas, pero le faltaba por conocer un dato importante.

—Tengo que comentaros otro asunto —continuó diciendo Ricardo—. Vuestro hermano, Sancho, está en la ciudad de Loches (Francia), que se ha sublevado. Al enterarse, no tardó en acudir para ayudarme. Le estoy eternamente agradecido. También me dirijo allí para tomar la ciudad junto a él y, si así lo deseas, me gustaría que esta vez me acompañaras.

Berenguela recibió la información en silencio y meditó sobre ella. Le encantaba la idea de volver a ver a su hermano. Pero le daba cierto reparo viajar hasta el corazón de una batalla. La presencia de Ricardo y Sancho siempre era un alivio. Pero ella se sentía fuera de lugar. Mucho era lo que había leído sobre estrategia y batalla, pero la mayoría de los relatos le sonaban a vacío o tremendamente sangrientos.

Mientras que para Ricardo la guerra resultaba algo natural. Su elemento era el caos. Vivía por la emoción de una nueva conquista. Al principio, para Berenguela este hecho fue duro de aceptar. Pero pronto comprendería que sin esa parte no sería Ricardo.

Berenguela finalmente asintió.

—Por supuesto que viajaré con vosotros. Me hace feliz la idea de acompañarte y volver a ver a mi hermano.

Esa misma tarde partieron de Angers dos carruajes y decenas de caballos con suministros para el viaje. Cabalgaron durante días, donde el tiempo alegre de junio amenizaba el trayecto.

Una noche, mientras cabalgaban, Ricardo abandonó su caballo para proseguir la marcha junto a su esposa en el carruaje.

Sus obligaciones bélicas le habían mantenido ocupado y alejado de ella demasiado tiempo. Pero le prometió que pronto las cosas cambiarían.

—Confía en mí —dijo mirándole a los ojos—. En cuanto salde mi deuda pendiente con el rey de Francia, me entregaré a ti y a buscar un heredero. No quiero traer un ser a este mundo sin antes haber vencido a todos mis enemigos. Pero te prometo que solucionaré los asuntos pendientes y estaré contigo en el castillo antes de lo que imaginas. Por fin podremos ser una familia.

Berenguela prefería no pensar en cuántos eran sus enemigos. Se dejó llevar por lo conmovedor de sus palabras y acurrucó la cabeza sobre el hombro de Ricardo. Se quedó así dormida. Aquella era la primera noche que pasaban juntos después de mucho tiempo.

Una luna de plata los acompañó durante el final del trayecto y llegaron a Loches cuando ya amanecía.

Los navarros habían instalado un pequeño campamento a las afueras de la ciudad y allí los esperaba Sancho, quien, por cierto, se alegró de ver a Berenguela entre tanto caballero.

—Hermanita, no esperaba encontrarte aquí. Eres muy valiente.

—¿Cómo no serlo? —respondió ella, dándole un abrazo—, siendo hermana de quien soy.

17
La gran fortaleza

Loches, junio de 1194

Para cuando el rey de Inglaterra llegó, los navarros ya rodeaban la fortaleza en Loches. Era una construcción sólida de piedra, con muros gruesos y, dentro, sus habitantes se sentían a salvo. Pero la temporada de recolecta acababa de empezar y sus despensas estaban casi vacías. Pronto la situación les obligaría a elegir entre el hambre, masacre o rendición.

Era noche azul oscuro cuando Berenguela entró en el campamento donde se decidía la estrategia para el día siguiente. No acostumbraba a formar parte de este tipo de reuniones, pero quería pasar el mayor tiempo posible con su hermano. Además, había hecho un largo viaje para algo.

—Nuestras tropas están listas para tomar la ciudad. Atacaremos la fortaleza justo al amanecer.

Berenguela entendía el objetivo de la misión, no obstante...

—Llevan demasiado tiempo encerrados como para resistir un asedio —dijo—. Dadles la oportunidad de rendirse y, si no la aceptan, que vuestra superioridad numérica haga el resto.

Algún hombre puso mala cara a las palabras de la reina. Eran más y más fuertes. Disponían de arcos, lanzas, ballestas, y deseaban entrar en combate para demostrar su valía. Además, los asediados se merecían un castigo ejemplar.

No obstante, tanto Ricardo como Sancho accedieron a dar una oportunidad a la paz si sus enemigos prometían volver a ser leales al rey de Inglaterra.

—Así se hará —sentenció Ricardo—. Accederemos a la fortaleza con las primeras luces del alba. Seré yo mismo quien exponga nuestros términos a los sublevados.

Dicho y hecho. A la mañana siguiente, los habitantes de Loches se rindieron en dos horas y depositaron sus espadas a los pies de Ricardo. Se les perdonó la vida a todos ellos y se desplegaron estandartes de la Casa Plantagenet, que empezaron a ondear en la fortaleza.

Una pequeña victoria sin necesidad de derramar sangre. Una ciudad leal que debía su vida al rey de Inglaterra. «Pero no siempre era así», pensó Berenguela. En su camino por reconquistar ciudades, Ricardo había dejado cadáveres, sangre y demasiados gritos de agonía. Aunque Berenguela prefería no pensar en aquello o se volvería loca.

Ese mismo atardecer, se organizó un pequeño banquete para celebrar la victoria. Los hombres hacían chocar sus copas en nombre de los reinos de Inglaterra y Navarra. Y el ambiente fue festivo hasta bien entrada la noche.

Pero entonces llegó carta de Tudela para Sancho. Berenguela le observó abrirla a través de la distancia, pero también le vio tirarla al suelo entre hombres que bebían.

Con un nudo en el estómago, se acercó a él.

—Nuestro padre muere —le anunció.

Sus ojos ya no eran marrones. Ahora brillaban negros como nunca antes los había visto. Pero no perdía la compostura.

Y eso fue todo. Los hermanos se fundieron en un abrazo interminable y se dejaron llevar. Ella lloraba; él tan solo la miraba.

Cuando consiguieron separarse, se sentaron uno al lado del otro y alguien preguntó:

—¿Van a proclamar nuevo rey?

Pero Berenguela entendió que, en realidad, querían decir «¿eres ya el nuevo rey de Navarra?».

Nadie parecía de humor para responderle.

Sancho partió al galope con las primeras luces del alba. Pero a Berenguela no le dieron esa opción. «Eres la reina de Inglaterra y debes permanecer junto al rey». Daba igual que él nunca estuviera a su lado. O que ella fuese una persona independiente, con pasado y familia. Vivía en una jaula de oro que a ojos de los demás era un palacio. «¿Qué razones podría tener ella para quejarse?».

18
El león y la hormiga

Lemosín, Cuaresma de 1199

La situación entre el rey de Francia y el rey de Inglaterra cada vez estaba en punto más crítico. Llevaban tiempo en guerra por las pretensiones del rey de Francia sobre los territorios que Ricardo poseía en suelo francés. Y, para entonces, Ricardo había conseguido grandes victorias que le hacían sentirse invencible y poderoso. No consideraba al rey de Francia a su altura. Aunque, en realidad, nadie parecía estarlo.

Un día, Ricardo inspeccionaba el exterior del castillo de Châlus-Chabrol y lo hacía sin armadura, como acostumbraba a hacer. El asedio iba bien. El vizconde de Limoges se había pasado al bando del rey de Francia y resistía el asedio como podía, ya que no disponía de tropas y sus propios hombres defendían el castillo.

Se encontraban en plena Cuaresma a pesar de que los cristianos no debían pelear en fechas tan señaladas. Pero Ricardo había oído hablar de un tesoro escondido en sus tierras y ahora arrasaba todo a su paso para encontrarlo.

Era el propio rey quien conducía el ataque. En un momento dado, se paseaba delante de las murallas mientras disparaba flechas y lanzas. Uno de los hombres que protegían el castillo llamó su atención y le hizo reír. Aparte de por arrojar piedras y alguna flecha, se protegía de ellos con una sartén. Sí, ¡con una sartén grande! ¿Acaso había algo más ridículo? No que él hubiese visto. Y Ricardo empezó a reír.

El aludido se tomó el desafío como algo personal y empezaron a volar flechas. Una de ellas fue certera y se clavó cerca del cuello de Ricardo. Solo así cesaron las carcajadas.

La sangre entonces empezó a brotar. Ricardo se arrancó, como pudo, parte de la flecha, y se retiró a su tienda para que le atendiesen los médicos. Todo ello sin dar muestras del dolor que sufría.

La herida era profunda y tenía la piel en carne viva. A pesar de las medicinas y emplastes con que lo trataron, la herida no tardó en gangrenarse.

Los acontecimientos se precipitaron. Todo parecía producto de un mal sueño, pero el dolor no había hecho más que comenzar. A los días se dieron cuenta de que Ricardo no tenía salvación. Así que no le quedó otra que dejar organizados sus asuntos antes de irse: nombró heredero a su hermano Juan Sin Tierra y escribió cartas de despedida a su gente. Una de ellas fue para Berenguela, a quien dejó bien atada su herencia antes de morir.

—¿Y eso es todo?

Javi no daba crédito a que el rey Ricardo, héroe legendario, hubiese muerto de la forma más absurda.

—Pues todavía no has oído la última parte: quién acabó con su vida. —Irati tenía razón. Pero estaban a punto de presenciarlo.

Se encontraban dentro de la tienda de Ricardo y el rey estaba malherido sobre la cama. Los médicos le daban instrucciones de reposo y le prohibían la presencia de su esposa para no debilitarlo. Pero había otra razón. No querían que nadie supiera del estado del rey y la presencia de la reina hubiese levantado sospechas.

Para entonces el castillo ya había sido tomado por completo. Se mandó detener, por orden del propio Ricardo, a quien le había disparado y, para sorpresa de todos, se trataba de un joven muchacho de la edad de Javi e Irati.

Ricardo parecía confuso al verlo. ¿Decepcionado? Seguramente. Recordó a los fieros adversarios a los que se había enfrentado y pensó que, finalmente, había sido malherido por un chico menudo, huesudo y sucio que desprendía un olor insoportable.

—¿Por qué? ¿Por qué lo hiciste? —le preguntó el rey, mirándole a la cara.

A lo que este respondió:

—Mi nombre es Beltrán de Gurdun. Y lo hice para vengar la muerte de mi padre y mis dos hermanos que murieron a manos de vuestras tropas. —Le temblaban las manos al hablar, no así la voz—. No temo ningún castigo por vuestra parte, ya que solo cumplía con mi deber.

Tras estas fulminantes palabras, Ricardo cerró los ojos y, cuando volvió a abrirlos, en un acto de misericordia, decidió perdonarle la vida y le entregó una bolsa con cien chelines.

Y, así, con un dolor punzante en el cuerpo y un último acto de redención, el rey Ricardo I de Inglaterra, más conocido como Ricardo Corazón de León, falleció el 6 de abril de 1199, diez días después de haber sido herido.

No se respetó la última voluntad del rey. Uno de sus caballeros mandó matar al joven verdugo de Ricardo.

—¡Vaya! —Javi no sabía ni qué decir, así que preguntó por la reina—: Una vez viuda, ¿en qué situación quedó Berenguela?

—Sola, la dejaron muy sola —respondió Irati.

Pero aquí no termina su historia. La nueva situación fue precisamente lo que le obligó a demostrar por qué también ella merecía ser llamada Berenguela Corazón de León.

19
El almacén de los secretos

En el suelo, a los pies de Javi e Irati, había una caja de madera abierta con cartas. Irati parecía ansiosa por investigar el contenido y, al acercarse a cogerla, un sonido estridente y chispas les sobresaltaron... Volvían a reaparecer en la gruta acompañados por tal descubrimiento.

En la caja debía de haber un mínimo de cien cartas y todas tenían color amarillento de aspecto desgastado. Aun así, resultaba posible adivinar el contenido del texto. Irati tomó una al azar y sus ojos se dirigieron directamente a la firma. «La en otra época humildísima reina de los ingleses, Berenguela», leyó en voz alta.

—Son cartas de Berenguela, el papa Inocencio y el nuevo rey de Inglaterra, Juan Sin Tierra.

—Mira, ¡también están las páginas que faltaban en el diario de Berenguela!

Irati abrió la boca haciendo un esfuerzo para pensar. A continuación, y sin decir nada, agarró la caja y regresó a paso ligero, dirección al museo, mientras Javi la seguía con cara de resignación. Abrieron la puerta y los chicos asomaron la cabeza. Fueron hasta donde se encontraba el padre de Javi.

—Estábamos haciendo los deberes —soltó el chico con expresión de culpabilidad mientras Irati ponía cara de niña buena.

Su padre no parecía preocupado. Tan solo distante y cansado.

Javi miró su reloj. Apenas había pasado un cuarto de hora desde que habían desaparecido. «¿Cómo era posible?».

Como su padre no les preguntó dónde habían estado, ocultaron la caja con el cuerpo y se dirigieron a una sala de atmósfera tranquila, donde desplegaron el nuevo material.

Irati tenía una sospecha, pero no la compartió con Javi y ambos empezaron a investigar los manuscritos durante las tardes que siguieron, especialmente los fines de semana. Poco a poco se fueron formando una visión más completa de la vida de Berenguela.

Un sábado, hacia las ocho de la tarde, cuando el padre de Javi empezaba a apagar las luces, les pidió que se retiraran al almacén para que pudiera fregar tranquilamente los suelos.

—Irati, ¿quieres quedarte a cenar? —le preguntó—. No tenemos gran cosa en la nevera, pero puedo preparar chocolate caliente y bollos de mantequilla, que han quedado del desayuno.

Irati aceptó la oferta con gusto y ambos se encaminaron hacia el almacén. Se trataba de una sala abarrotada y revuelta, pero ambos miraban emocionados a su alrededor, sorprendidos con todas las cajas que había por abrir.

Aquel lugar tan enigmático hacía que todo se viera distinto. Siempre lo habían ignorado, pero ahora les atraía la idea de encerrarse y descubrir sus secretos.

Irati empezó a desempaquetar cajas como si buscara algo.

—No es buena idea —observó Javi—, mi padre se dará cuenta y...

Irati parecía sorda de repente. Su rostro reflejaba interés y el deseo por encontrar algo. Hasta los cuadros que había en el suelo parecían mirarla y preguntarse qué.

Javi envidiaba su capacidad para abstraerse del mundo. Siempre parecía tener un motivo inspirador en la cabeza que la hacía feliz y es que Irati solo dejaba entrar pensamientos que le diesen fuerza. Convertía las dificultades en retos motivadores que la conducían a nuevos descubrimientos. Y, aunque no siempre lo lograba a la primera, parecía que lo importante era no salirse de la senda de aventuras que para ella era la vida.

Irati siguió buscando por intervalo de quince minutos. No encontró nada en una caja con el rótulo «Edad Media» ni en otro en el que se leía «reino de Navarra», pero enseguida le cambió la cara y empezó a gritar:

—Javi, ¡ven aquí!

Al llegar donde estaba su amiga, Javi descubrió una mesa larga, cubierta por una sábana blanca, donde debajo se adivinaba el relieve de algo más.

—¡Es una maqueta!

No solo eso. Debajo estaba la maqueta de la mayor parte de los lugares en los que habían estado: el castillo de Tudela, Chipre, Francia, la prisión de Ricardo en Alemania... ¡No faltaba ninguno! Pero sí había lugares que no conocían.

—¿Crees que viajaremos también allí?

—Eso espero —e Irati se quedó pensando.

Empezaron a mirar los figurines que había sobre la mesa y se fijaron en el hombre que habían visto en más de una ocasión y que parecía fuera de lugar.

Javi, que le leyó el pensamiento, cogió la figura del hombre con sombrero y dijo:

—Sabía que me sonaba de algo... ¡Mira!

En la pared había un cuadro que mostraba la misma cara. Por fin se confirmaba la idea que desde hace tiempo tenían en la cabeza:

—Por supuesto, el viajero del tiempo es el señor Anchorena. Y parece que está obsesionado con Berenguela.

—¡Y con su corona! Mira esto.

Irati empezó a leer un documento que decía:

> Fue en los conflictos del siglo XIV cuando unos saqueadores abrieron la tumba de Berenguela y robaron la corona y otros objetos valiosos, como telas de oro en las que había sido enterrada...

Pero, sin duda, lo más interesante que encontraron fueron las anotaciones que había en los márgenes y que alguien había escrito con memorable mala letra:

> Robar la corona en 1230. Traerla al museo y que no caiga en manos de los saqueadores.

Javi se sentó al lado de Irati, en el suelo, y la miró. El texto seguía, pero ambos parecían demasiado nerviosos como para continuar leyendo. El corazón de ella latía a cien por hora mientras Javi tragó saliva.

¿Estaban siendo utilizados para robar?, ¿o se trataba de una buena acción? Ambos se quedaron con la duda.

Siguieron inspeccionando cajas, estanterías... Hasta encontrar la siguiente sorpresa.

—¿Sabes si tu padre ha estado con el señor Anchorena últimamente? —quiso saber Irati.

—No lo sé. A veces va a Bilbao y doy por hecho que se reúne con él, pero nunca lo menciona. ¿Por qué lo preguntas?

Irati no supo cómo contestar a aquello, así que le pasó lo que tenía entre manos.

—¡No puede ser! —musitó Javi sin voz—. ¡El señor Anchorena está muerto! Pero eso es imposible —se corrigió a sí mismo—. Él le escribió a mi padre para dejarnos el museo.

Irati se encogió de hombros por toda respuesta. El certificado no dejaba lugar a dudas. El señor Anchorena había fallecido en la ciudad francesa de Le Mans.

Al decir esto, una marca de cantero, con la silueta de flor de lis, se iluminó en la pared y ambos se la quedaron mirando. En el suelo también había una llave con el mismo símbolo.

—¡Le Mans! ¡Claro! Recuerda el paquete que recibimos.

—Pero si el señor Anchorena está muerto, ¿quién lo envió?

Javi e Irati seguían impactados con los descubrimientos, cuando el padre de Javi les avisó de que el chocolate caliente ya estaba preparado. Ambos se dirigieron a la cocina.

Irati no podía esperar para hacer la pregunta que tenía en la cabeza.

—¿Has estado últimamente con el señor Anchorena? —soltó a bocajarro y Javi le dio un codazo en las costillas.

—Lo cierto es que no. En Bilbao siempre me atienden sus trabajadores. El señor Anchorena debe de estar muy ocupado —contestó el padre de Javi.

—¿Y estás seguro de que sigue viv..., digo, trabajando? —se corrigió a tiempo.

—Claro, ¿por qué lo preguntas?

—No, por nada..., bueno, sí. ¿Cómo era? Digo, ¿cómo es?, ¿buena persona?

Aunque un poco extrañado por la pregunta, su padre les respondió:

—Pues claro que es buena persona. ¡¡No ves que nos ha dado un techo y trabajo para vivir!?

—Ya, claro... ¿Y dónde vive? ¿En Bilbao o Le Mans?

—¿A qué viene tanto interés? Pero no, no sé dónde vive. Tiene negocios por todo el mundo, así que seguramente no hace otra cosa que viajar... —No había terminado de decir esto, cuando el padre de Javi cogió un bollo de mantequilla y salió por la puerta a seguir organizando el museo no sin antes decir—: Si os quedáis con hambre, podéis coger galletas que hay en el armario.

Javi e Irati asintieron y se miraron con gesto contrariado. Javi no comprendía nada, hasta que Irati dijo:

—¿Entiendes lo que esto significa? —Él la miró con ojos abiertos, como esperando a que continuara—. Es información confidencial que el señor Anchorena ha fallecido —sentenció rotunda—. Y, evidentemente, dejó a medias la misión de salvar la corona de Berenguela. Nos toca a nosotros recuperarla.

Dicho esto, Irati se llevó a la boca un generoso pedazo de bollo con mantequilla, untado en chocolate, y lo saboreó como si la situación que tenían entre manos fuera lo más habitual del mundo.

20
Nuevos comienzos

—¿Qué le pudo pasar? —se preguntó Javi en voz alta—. No sabemos cómo murió.

—Ni siquiera estamos seguros de que el certificado sea auténtico.

—¿Lo dices en serio?

Irati asintió.

—Todavía nos queda pendiente el asunto de la corona.

—¿Te quieres poner en peligro para ayudar a un ladrón?

La respuesta a esta pregunta era más complicada. Y para Javi, todo parecía indicar que el señor Anchorena era culpable y que Irati solo se engañaba para seguir adelante con sus investigaciones.

Javi entonces vio que no valía la pena insistir y, como no dijo nada, la chica volvió a la carga:

—Si no quieres seguir, lo entiendo. Pero tengo la siguiente llave y pienso llegar al final del asunto. A no ser que me lo impidas, claro está.

¿Qué hubieseis hecho vosotros? Poneos en el lugar de Javi: tenía las mismas ganas de seguir, solo que más miedo. Así que, con cierta resignación y aspecto de no haber pegado ojo en toda la noche, volvieron a encaminarse hacia la gruta. Irati caminaba delante con la cabeza erguida, mientras Javi la seguía de cerca, portando los documentos que les llevarían a descubrir la nueva vida de Berenguela.

Si otras veces la gruta les había parecido un lugar maravilloso, aquel día Javi e Irati, aunque no lo reconociese, avanzaban intranquilos y girando la cabeza.

Fontevraud, verano de 1199

Al pasar por el sitio indicado, un nuevo lugar surgió de la oscuridad. Un lugar intimidante, no solo por las estatuas y armaduras que apuntaban en su dirección, sino también por la disposición de la sala. A un lado de la mesa había una silla de roble y cuero, ocupada por Berenguela. Mientras que en el otro había siete sillas, y en el centro estaba el rey, el nuevo rey de Inglaterra. Le acompañaba su consejo privado compuesto por algunos de los hombres más fieros y obedientes a Juan. A Berenguela no le pasó desapercibido el hecho de que había sustituido a quienes habían sido leales a Ricardo y a ella misma.

Se encontraban en mitad de una reunión para negociar la pensión que Ricardo le había dejado. Y, por la actitud del nuevo rey, Javi e Irati enseguida comprendieron que algo no marchaba bien.

—Como sabes —decía Juan en aquel momento—, muchos de los territorios pasarán a ti a la muerte de mi madre. Y los otros, los que me pertenecen, entenderás que ahora no puedo prescindir de ellos. No quiero un reino menguado. El rey de

Francia me pisa los talones para conquistar las tierras que poseemos en Francia[11].

—Alteza, no hablaréis en serio... Es mi derecho y me pertenecen. Así como las rentas de esos lugares. —La voz de Berenguela había sido demasiado cortante y se produjo un sutil clamor.

A continuación, Juan titubeó y le volvió a hablar como si fuera demasiado ingenua para comprender los asuntos de Estado:

—Tú confía en mi palabra y algún día los tendrás.

Berenguela lo miró con rostro pétreo. ¿Qué podía esperar de él? Su cuñado se había ganado a pulso la reputación de tirano insensible, y ahora la dejaba en la miseria. Lo único que sabía sobre reinar era cobrar impuestos. Y, aunque no le gustaba su sonrisa perversa ni su nariz ganchuda, la peor parte era su tono condescendiente, que hacía que echara más de menos a Ricardo.

Por supuesto, tampoco contaba con el apoyo de Leonor. No le había dado nietos y ahora su presencia carecía de importancia. Se daba la circunstancia de que, además, Juana, la hermana de Ricardo, su única amiga y apoyo en la familia Plantagenet, había muerto el mismo año que su hermano, al dar a luz a un hijo que vivió lo suficiente para ser bautizado como Ricardo.

La escena se desvaneció y pronto volvió a formarse otra distinta: ahora Berenguela se encontraba en el banquete de boda de su hermana Blanca de Navarra[12] con Teobaldo III de Champaña.

El casamiento se celebraba en Chartres con varios días de festejos y bailes. Pero de la ceremonia en sí no hay mucho que contar.

---

[11] Tras la muerte de Ricardo, los antes aliados rey de Francia y nuevo rey de Inglaterra, Juan Sin Tierra, se enemistaron, ya que el rey de Francia continuó con la conquista de los territorios angevinos en Francia, y el nuevo rey inglés no podía contener su avance.

[12] No confundir con Blanca I de Navarra, de la dinastía Évreux, quien fue reina consorte y regente de Sicilia entre 1401-1416, además de reina propietaria de Navarra desde 1425 hasta su muerte. En este caso, se trata de Blanca, hermana de Berenguela, de la dinastía Jimena.

Berenguela había optado por un vestido oscuro y se le hizo larga la celebración, ya que el único pensamiento que tenía en la cabeza era conversar a solas con su hermana.

Del interior de la sala les llegaban cánticos, melodías y chanzas. La mitad de los invitados ya se habían dejado llevar por la confusión. Momento que aprovechó Berenguela para coger a Blanca de una mano y llevársela al exterior. Cerró una puerta y el ruido se desvaneció. A continuación, las hermanas se sentaron en un asiento de mármol, en mitad de un jardín alegre y cuidado, suntuosamente decorado para la ocasión.

Enseguida sintió aquel lugar como un refugio. El silencio imperaba y el perfume de las frutas y flores impregnaba el aire. A su espalda quedaban las torres más altas y blancas, pero a sus pies un arroyo cristalino serpenteaba las estatuas talladas en honor a los recién casados.

Blanca parecía feliz, mucho más de lo que lo estaba ella. «Una buena mujer debe alegrarse por la felicidad de su hermana», se recordó y esbozó su mejor sonrisa.

—Estás preciosa —dijo. Pero solo pensaba en desahogarse.

Blanca era, desde luego, guapa y todos coincidían en que los novios formaban una bonita pareja. Pero también era culta y dominaba el arte de salirse con la suya. Para nada era delicada. Berenguela guardaba recuerdos de ella cuando solo era una niña avispada y traviesa, aunque siempre muy cariñosa. Decenas de jóvenes la habían cortejado, pero pronto ella había elegido a su favorito.

—¿Y tú? ¿Te volverás a casar? —le preguntó Blanca en tono afable.

Aquello no estaba entre los planes de Berenguela. Negó con un gesto y se bebió de trago el zumo de uva. Su cabeza evocó recuerdos de su padre y la devoción que sentía por su difunta madre. Descartó la idea y la puso al corriente de su nueva situación. Le contó que el rey de Inglaterra se negaba a darle las tierras y rentas que le pertenecían y le pidió ayuda porque se sentía muy abandonada.

Aquello no era lo que Blanca esperaba oír el día de su boda. Pero no se lo pensó y juntas empezaron a idear un plan para salvarla. Lo primero que hizo Blanca fue ofrecerle una doncella y un protector para que su hermana estuviera a salvo.

—Gracias —repuso Berenguela.

—Está bien, se me ocurren dos cosas que puedes hacer. La primera es contactar por carta a su santidad, el mismísimo papa, y pedirle mediación. Siempre os ha tenido en buena estima a ti y a Ricardo. Seguro que intercede a tu favor.

—Me parece bien. ¿Y la segunda? —quiso saber Berenguela.

—La segunda idea es más desesperada y solo deberás recurrir a ella si la primera no funciona.

Tras decir esto, Blanca bebió de su copa de plata, miró en todas las direcciones y una luz temblorosa que jugueteaba con sus rasgos la iluminó susurrar algo en el oído de su hermana.

21
¿Quién anda ahí?

Chinon, mayo de 1201

Toda Inglaterra se moría de hambre bajo las órdenes de Juan Sin Tierra, quien, tras la muerte de Ricardo, se había vuelto más cruel. Ahora exigía a su pueblo desproporcionados impuestos y les imponía severos castigos si no eran capaces de pagarlos.

Por eso Berenguela vivía en Francia. En Chinon. Y, gracias a su esfuerzo y al de su pequeño equipo, pronto hicieron habitable una vivienda donde consiguieron instalarse de manera aceptable.

Pero seguía siendo necesario luchar para cobrar su dote. Juan se la negaba a pesar de la presión del papa. Y Berenguela, además, seguía recibiendo visitas asiduas de nobles que habían sido fieles a Ricardo y le mostraban su apoyo. Lo que en cierta medida le ayudaba a encarar el futuro con determinación.

La vida transcurría tranquila en Chinon, en compañía de su doncella, Inés García, una muchacha joven y risueña de carácter desenvuelto, que había llegado desde Navarra para ayudarla. Sus funciones principales eran lavar la ropa, cocinar los víveres y organizar la vivienda. Pero en su nueva casa también había un pequeño establo con gallos, gallinas, pollos, carneros y cabras, del que se ocupaba el hombre que la protegía, Paulin Boutier, un antiguo caballero del rey Ricardo. Su aspecto era huesudo pero fuerte, de cabello corto y canoso, que todo lo ejecutaba sin esfuerzo y sin apenas abrir la boca. Su otra misión era la de buscar leña, ya que vivían en un lugar tranquilo, donde, de momento, se sentían a salvo en la vivienda.

Mientras, Berenguela disfrutaba encargándose del pequeño huerto que había en el corral y que le recordaba a su época en Tudela, un lugar donde siempre había sido feliz. Pero a Berenguela también le gustaba dar paseos por el bosque y regresar cargada de moras silvestres y frutos para todos.

Y así, todo ello y trabajando en equipo, disponían de huevos, leche, verduras, frutas, hortalizas, carne; y nunca les faltaba lo indispensable. Ni a ella ni a ninguno de sus fieles criados.

Así estaban las cosas, cuando una circunstancia inesperada lo cambió todo por segunda vez.

Un día, en compañía de su doncella, Berenguela salió a dar un paseo al sol, cuando se les acercó un hombre a quien no conocía, pero que parecía haber hecho un largo viaje para encontrarla.

—Perdonen la interrupción, pero ¿es usted la antigua reina de Inglaterra, Berenguela de Navarra?

Ella asintió y el hombre se la quedó mirando.

—Sí, ¿y usted quién es? —preguntó escrutándole los ojos.

La expresión de su cara lo decía todo. Traía noticias del marido de Blanca, su hermana. Primero había caído enfermo de una extraña dolencia. Y la noche del 23 al 24 de mayo, cuando el tiempo se había vuelto más lluvioso, nadie podría haber imaginado el fatal desenlace. Teobaldo III de Champaña fallecía a los veintidós años, dejando viuda a su hermana. De su enlace nacería una niña y ahora esperaba un hijo que estaba en camino.

Aquello le tocó la fibra sensible a Berenguela. Tan solo habían pasado dos años desde el día de la boda y las hermanas llevaban tiempo sin ponerse en contacto. Parecía lo más urgente desplazarse hasta allí y apoyarla en aquellos momentos tan difíciles.

Varios días de camino las separaban. Aun así, no se lo pensó y abandonó Chinon para estar a su lado. Berenguela y sus criados se pusieron en marcha y pronto tuvieron preparada una carreta tirada por dos caballos.

Tras un largo viaje muy fatigoso, llegaron a Champaña. Y se encontraron con Blanca en un palacio a las afueras. Berenguela la atrajo hacia sí y se fundieron en un fuerte abrazo.

Su hermana parecía triste, pero no desamparada.

Los invitó a pasar a ella y a sus sirvientes, mientras una doncella preparaba la cena y el olor a rico guiso ya impregnaba la sala.

Terminaron de cenar y las hermanas se pasaron la noche hablando junto al fuego.

—Teobaldo, antes de morir, me nombró reina regente hasta que pueda ocupar el trono nuestro hijo. Pero eso solo me ha traído problemas.

Tanto Blanca como Berenguela comentaban lo desesperadas que estaban ante los últimos acontecimientos. Pero como siempre se decían:

—Por lo menos, nos tenemos la una a la otra.

Sobre las doce de la noche, cuando la niña y el perro de Blanca ya dormían, y mientras el personal de servicio se retiraba a descansar, se oyó un ruido que llamó la atención de ambas. El perro se despertó y empezó a ladrar agitado y furioso.

—¿Qué ha sido eso?, ¿un animal? —preguntó Berenguela con cara de espanto.

—Peor. Un hombre dentro de la casa.

No vieron a nadie, pero siguieron escuchando ruidos. Blanca no se atrevía ni a moverse, pero Berenguela, que prefería no despertar al personal de servicio, se dirigió acompañada por el perro y un candelabro hasta la entrada a la vivienda.

—¿Quién anda ahí? —preguntó al vacío.

Nadie respondió a su pregunta y en ninguna parte dio con huellas de que hubiera alguien más.

Exploró con cuidado la sala principal, que, tan oscura, tenía un aspecto siniestro. Por espacio de varios minutos, no vio nada. Entonces creyó distinguir un objeto blanco y fino que había en el suelo: una carta.

¿Quién podría ser a esas horas? La examinó por fuera y no encontró nombres ni ninguna dirección. Un terrible presentimiento cruzó su mente antes de regresar junto a su hermana.

Pese a que su corazón latía con fuerza, esperó a estar a su lado para abrirla. Una vez juntas, la abrieron y sus ojos recorrieron con avidez la carta.

Además de tinta, en el papel había manchas de sangre y un escudo de armas que firmaba la carta.

Berenguela reprimió un suspiro por respeto a su hermana y la miró. No parecía preocupada. Más bien, resignada.

—Lo que me temía —dijo Blanca con cierta desgana—, la familia de Teobaldo no acepta que sea la reina regente. Me la tienen jurada y están dispuestos a hacerme la vida imposible para que renuncie al trono. Pero ¡esto no va a quedar así! —añadió con orgullo.

Blanca parecía dispuesta a enfrentarse a la avaricia de su familia política. Tras un minuto de deliberación, por fin dijo en tono serio:

—Me parece que ha llegado el momento de recurrir al plan B.

En realidad, Berenguela también había pensado sobre ello. El plan se le antojaba descabellado y prefería no hacerse ilusiones, aunque si salía bien, las dos tenían mucho que ganar: una nueva vida. Algo que deseaba de todo corazón. Pero ¿de verdad estaba dispuesta a negociar con el rey de Francia, quien durante años había sido el enemigo de Ricardo? Solo de pensarlo se le revolvía el estómago y le parecía una traición a su difunto marido.

«Lo he intentado por todos los medios —se recordó—. Siempre fue mi última opción. Pero si la familia de Ricardo no cede, tendré que ser yo quien tome cartas en el asunto». Berenguela se quedó pensativa mirando al fuego. ¿Acaso el curso de sus pensamientos significaba que de verdad lo iba a intentar?

22
Dama de Le Mans

París, septiembre de 1204

A Berenguela y Blanca les habían advertido sobre la belleza de París, pero al llegar no dejaron de sorprenderse. Todos los palacios que habían echado en falta en su reinado estaban allí, majestuosos y esperándolas. Las calles eran coloridas y sus plazas, delicadas. Las tiendas y mercados se abrían a la ciudad. Se encontraban en la capital de las obras de arte y la gente rebosaba dignidad. Pero ¿qué decir de los jardines? Su belleza armónica les hacía sentir bienvenidas.

El carruaje de las hermanas atravesó un puente levadizo y enseguida las condujeron hasta una sala señorial. Blanca pasó primero a reunirse con el rey. Y, mientras Berenguela esperaba, empezó a golpetear en el suelo con la punta de los pies. Los nervios la consumían por dentro. Aquel año había muerto Leonor de Aquitania, con lo que sus tierras deberían haber pasado a sus manos. Pero Juan, que cada vez perdía más territorios, seguía empeñado en negarle sus derechos.

Cuando estaba con estos pensamientos en la cabeza, salió su hermana y se fijó en la expresión de su cara: era de alegría.

—Luego te cuento. Ha dicho que pases.

Había llegado su turno. ¡Toc, toc, toc!, llamó a la puerta y el rey le cedió el paso. Primero asomó la cabeza y, a continuación, atravesó la enorme sala ornamentada. Se arrodilló con torpeza y se sentó al lado opuesto del rey de Francia.

«Su rostro es amable, aunque me impone la corona». A pesar de las muchas dudas sobre cómo la recibiría, Felipe Augusto se mostró cordial. Incluso se levantó a ofrecerle un brazo. A cambio, Berenguela se esforzó en sonreírle.

—Sé bienvenida.

«También a él le interesa lo que puedo ofrecerle. Lo veo en sus ojos».

No solo eso. Además, la consideraba poderosa. Aparte de por contar con la ayuda del papa, el rey de Francia había decidido hacerse con las tierras de Berenguela para seguir debilitando a su adversario: el rey de Inglaterra.

—Las posesiones normandas a cambio de Le Mans —dijo sin andarse con rodeos—. Así como sus alrededores —prosiguió—, incluido el bosque. Y, por supuesto, mi protección: la del rey más poderoso que existe.

Estas palabras hicieron que el recuerdo de Ricardo brotara con más fuerza en su cabeza. Y, de repente, era como si la sala diera vueltas a su alrededor. Pero tal vez era lo que necesitaba. Estaba harta de que no le diesen lo que era suyo. Y aquel trato le aportaba la estabilidad y el reconocimiento que Ricardo siempre había querido para ella.

Dio la mano al rey para mostrarle su acuerdo y, al hacerlo, Javi e Irati reaparecieron en una nueva ciudad: Le Mans. Sin duda, un lugar pintoresco. Una ciudad muy bonita por la noche. Incluso para alguien que había viajado tanto como ella.

La nueva vivienda de Berenguela parecía más acorde a su rango y el séquito de criados había aumentado considerablemente. Algunos eran hombres de Dios, otros caballeros o funcionarios, pero todos tenían la misma expresión en la cara. Incluido el nuevo mayordomo, Heriberto Tucé.

Se instalaron y la popularidad de Berenguela creció rápido en la ciudad gracias a las múltiples donaciones que invirtió en el cuidado de pobres y enfermos.

Pero, como señora de Le Mans, también le correspondían nuevas funciones. Por ejemplo, supervisar el cobro de los impuestos. Algo que le acarreó más de un problema. Principalmente, con el cabildo de la catedral.

—¿Cuál es el problema? ¿Qué ocurre aquí?

—Señora, el ciudadano André Dubois se niega a cumplir con su parte de los impuestos. Dice que su obligación feudal es solo con el cabildo catedralicio.

Berenguela era consciente de que no podía dejar que se extendiera el ejemplo. A ella, como señora de Le Mans, le correspondía recaudar los impuestos y gestionar ese dinero para el pueblo. No a la Iglesia, como pretendían. Así que, después de varios intentos de negociar, ordenó confiscarle los bienes y mandó encarcelarlo.

El obispo Maurice no se quedó de brazos cruzados. Y, a modo de represalia, ordenó cerrar las iglesias y silenciar las campanas.

—¡Lleváoslo todo! ¡Cerrad las puertas! La iglesia está bajo interdicto.

A Berenguela siempre le había parecido que el obispo no era de fiar, además de un hombre con poca higiene. Las consecuencias de la medida pronto se dejaron notar. No era posible enterrar a los muertos y se abandonaba a los cadáveres apoyados contra los árboles, en el cementerio. El olor llegó a hacerse inaguantable y la situación, insostenible.

—¡Pongamos fin a este lamentable asunto!

La reina y sus fieles consejeros se habían reunido con urgencia para encontrar una solución.

—¡Todos los traidores probarán mi espada! —dijo uno de ellos, con cara de pocos amigos.

—No —contestó rotunda Berenguela.

—Pero ¡están haciendo complot contra vos! —protestó indignado el mismo.

—Mi señora, la Iglesia no puede haceros daño —intervino otro, más pausado. Y Berenguela le invitó a explicarse—. Tenéis la razón de vuestro lado y contáis con el favor del pontífice. Escribidle y él mediará por vos.

Berenguela asintió, pero tenía dudas. Serias dudas. En los últimos años había cambiado el papa y no estaba segura de si contaba con su favor. Pero ¿qué más podía hacer? Era eso o recurrir a la violencia. Y la violencia no solucionaba el problema.

—Así se hará. Pronto tendrá noticias mías —dijo al fin.

Y empezaron a redactar un documento que se selló y quedó firmado como «Berenguela, reina de Inglaterra por la gracia de Dios».

—Os aconsejo, además, desplazaros hasta un refugio más seguro. Por lo menos, hasta que se calme la situación.

Berenguela frunció el ceño y se levantó del asiento. Empezó a mirar por la ventana desde la que se colaba un día caluroso, pero muy sombrío. Tal vez por su estado de ánimo. Asintió con la cabeza y, muy a su pesar, abandonó la mesa para preparar el equipaje.

Berenguela, su doncella y alguno de sus hombres partieron al alba para no llamar la atención. Pocas personas conocían la ubicación de su retiro: una cabaña en un claro del bosque. A pesar de ello, las primeras noches no era capaz de dormir. Le asaltaban pensamientos oscuros, hasta que empezó a dar paseos por la naturaleza. A su alrededor todo estaba en equilibrio y, de alguna manera, conseguía contagiarse e ignorar el mundo y sus propios pensamientos. Pero también aprovechaba el tiempo para avanzar en el estudio de plantas medicinales: salvia, caléndula, lavanda... Preparaba ungüentos e infusiones. Una tarea que siempre había conseguido serenarla. En su educación, le habían enseñado a cultivar la inteligencia y el amor por la naturaleza y, al poner en práctica estos principios, conectaba con su raíz.

El correo por entonces no era ágil. Y la carta se hizo esperar. Pero un día, cuando empezaba a acostumbrarse a la nueva situación, uno de sus siervos apareció dando voces:

—¡La tengo! ¡La tengo! ¡Traigo mensaje de Roma!

Sin darle tiempo a que acabara la frase, Berenguela saltó de la silla y se acercó hasta él. Estaba tan nerviosa que, en su camino, había derramado el ramillete de flores secas que con tanto esmero había hecho. ¿Traería buenas noticias la carta?

Empezó a leerla y descubrió que el papa Honorio III la declaraba bajo protección especial, en reconocimiento a una vida de devoción por la Iglesia. Pero, además, le aseguraba mediación a su favor y dicha protección de por vida. ¡Bravo! El obispo nada podía hacer en contra del sumo pontífice y pronto tendría noticias suyas.

La carta también traía otro mensaje: «*Como es mi deber, me volveré a poner en contacto con el rey de Inglaterra para reclamarle la deuda pendiente que tiene con vos*».

Se sintió invadida por una oleada de felicidad y alivio. Regresó al día siguiente a Le Mans, con un sentimiento opuesto a la tristeza con la que se había ido.

El siguiente Domingo de Ramos, gran parte de los habitantes de la ciudad la recibió con honores. La reina presenció estupefacta, incluso ilusionada por el apoyo, la escena de una multitud que reaccionaba ante el insulto que le había hecho el obispo. Algunos más belicosos, incluso, se dirigían a buscarlo con fuertes abucheos. Lo encontraron en la iglesia como alma en pena. Y un par de grandullones, fieles a Berenguela, llegaron a saltar sobre él, inmovilizándolo.

Cuando por petición de la reina lo soltaron, la gente empezó a aclamarla como si fuera su salvadora.

—¡Viva la reina Berenguela!

—¡Viva el pueblo de Le Mans!

La reina se sentía ebria de triunfo y todos le daban la enhorabuena.

—Mi señora, esta ciudad ha conocido decenas de hombres egoístas que siempre han mirado por su fortuna. Pero vos nunca os habéis dejado llevar por la codicia o el odio.

Berenguela no pudo evitar un estremecimiento de alegría. Y pensó que Le Mans la necesitaba tanto como ella necesitaba a Le Mans.

23
Puente sobre el río Ebro

Los pensamientos de Irati estaban demasiado acelerados como para darse cuenta, pero Javi reparó en un papel plegado que, al abrirlo, mostraba un escudo con un puente y tres torreones sobre él.

—¡Es el escudo de Tudela!

Lo era. Aunque ligeramente distinto. Seguramente más antiguo y esculpido sobre el torreón central, en el lugar que debería haber ocupado una puerta, había un número 2.

—¿Qué puede significar?

La voz de Javi sacó a Irati de seguir observando el pergamino. No respondió enseguida, pero parecía reflexiva, intentando encontrar algún sentido.

Al tocar el objeto Irati, como siempre sucedía, habían regresado de vuelta al museo y, mientras Javi guardaba el pergamino en su mochila, dijo:

—Si esto es el escudo de Tudela, deberíamos acercarnos hasta el puente.

El puente les quedaba a cinco minutos andando. Según sus pies tocaban la plataforma sobre el río, Irati sintió una electrizante oleada de emoción y empezó a divagar sobre qué se encontrarían esta vez. Aquella búsqueda del tesoro estaba resultando de lo más estimulante.

—Tiene que haber alguna marca en el puente, ¡fíjate bien!

«Nada más lejos de la realidad —pensó Javi—. En el puente se habían hecho múltiples modificaciones. No podían quedar marcas de cantero todavía».

Aun así, recorrieron el puente que cruzaba el río en busca de pistas. La zona estaba tranquila, a excepción de una pareja y dos turistas que deambulaban por la zona. Javi se detuvo y echó un vistazo alrededor: algunos de los arcos eran desiguales y, por supuesto, no quedaba ni rastro de los tres torreones. En lugar de eso, había farolas.

Las vistas a esa hora de la tarde eran magníficas. Resplandecían los tejados de la ciudad bajo una puesta de sol ardiente. Y, en algún lugar cercano, empezó a sonar una campana.

—Ahora, ¿qué? —se preguntaron los dos. Pero ninguno quería tirar la toalla todavía.

Recorrieron el puente, una y otra vez, sintiendo las piernas ligeras. Por supuesto, todo era inútil. Debían darse prisa si no querían que la noche se les echara encima y se llevara consigo la luz.

Cuando por fin se convencieron de que allí no había nada, Javi tensó la mandíbula y dijo:

—Deberíamos bajar al soto.

Vale, ya estaban allí y abajo había barro, raíces sinuosas de árboles, todo tipo de maleza, incluso quién sabe qué animales escondidos. Pero si algo tenían a su favor eso era que el río no iba crecido y aquello les facilitaba moverse entre los arcos.

Peinar la zona les llevó minutos en los que no encontraron ninguna marca y la oscuridad se les fue echando poco a poco encima.

—¡Es como buscar una aguja en un pajar! —se quejó Irati.

Pero Javi ahora señalaba una alcantarilla de aspecto medieval que había delante del primer arco.

—No pensarás entrar ahí, ¿verdad?

Aquella idea era más propia de Irati. Eso es cierto. No obstante, habían llegado demasiado lejos como para abandonar ahora. Javi se sentía incómodo por ceder ante su instinto más aventurero. Pero ¿culpable? Tal vez también fuese eso.

Se dirigió a la alcantarilla y respiró profundo, como si quisiera abarcar todo el aire posible en los pulmones. A continuación, se agachó, encendió la linterna, se puso en cuclillas y un escalofrío le recorrió la espalda.

—¿De verdad te vas a meter ahí? —insistió Irati.

Él asintió:

—Sí. Hemos venido hasta aquí buscando algo y solo nos falta por mirar dentro.

Su intención era que sonase como un comentario casual, despreocupado, pero no había ni rastro de seguridad en sus ojos. Ella lo vio vacilar por un instante y, a continuación, desaparecer de la vista.

«He creado un monstruo» fue lo único en lo que podía pensar Irati.

Javi recorrió un camino de barro, telarañas, mosquitos, ¡excrementos de ratas! Y no sé qué más. Ah, ¡sí! Frío. Mucho frío, pero también humedad. Era difícil desplazarse en esas condiciones y aquello resultaba muy agobiante. De vez en cuando, Javi se detenía, cerraba los ojos y se obligaba a continuar con paso firme.

No llevaba ni quince minutos, cuando se miró las palmas por primera vez. Debajo de capas y capas de mugre, se escondían unas manos doloridas y ensangrentadas. Pero la peor parte se la llevaban las rodillas.

—No sé qué hago aquí —pronunció en voz alta.

Y el eco le devolvió algo más que su voz... Pero ¿qué era eso? ¿Había llegado al final del camino?, ¿o se trataba de otra cosa? No era capaz de definirlo, solo que, de repente, su corazón luchaba por salírsele del pecho. Algo se había movido. Y no es que hubiera mucho espacio en aquella alcantarilla. ¿Veían sus ojos una criatura negra?, ¿o tan solo había encontrado lo que estaban buscando?

Todo sucedió deprisa. Demasiado deprisa, quizá. Javi notó como un empujón y, de repente, ya no era dueño de sus movimientos. Como si una corriente de agua lo zarandeara a su antojo, solo que, en este caso, lo que le empujaba no era agua, sino una mugre de barro y hojas. De pronto, le costaba respirar. La sensación de caos también iba acompañada de un sentimiento de que todo saldría mal. Francamente mal. Y ni siquiera era capaz de controlar su cuerpo.

Treinta y siete minutos. Ese fue el tiempo que Irati estuvo esperándolo fuera. A veces se impacientaba y miraba por el hueco, pero ahí no se veía nada. Nada de nada. Hasta que, de repente, Javi asomó la cabeza. Tenía aspecto de haber sobrevivido a un monzón y parecía incapaz de pronunciar palabra. Aunque sí emitía balbuceos similares a «creo que lo hemos encontrado».

Irati parpadeó dos veces. Su amigo iba empapado y portaba una llave y un banderín en las manos. Ella le arrebató lo segundo, sin preguntar, y, a continuación, lo observó con detenimiento. ¡Llevaba el sello de la Casa Plantagenet! Tres leones en un escudo.

¡Sí! ¡Lo habían encontrado!

Estaba tan contenta que si Javi no hubiera ido tan sucio, seguramente se habría colgado de sus hombros.

—Cuéntame, ¿cómo lo has logrado?

Javi inclinó la cabeza. Le daba cierto reparo admitir que algo muy sucio le había guiado hasta ello.

—Estaba al final del túnel —musitó.

No había terminado de decir esto, cuando una luz parpadeante se iluminó en el segundo arco del puente. Aquello explicaba el número 2.

—¡Mira! ¡Es una marca de cantero! Se ha encendido por el objeto —e hizo un gesto como de juntarlos. Por supuesto tenía forma de...

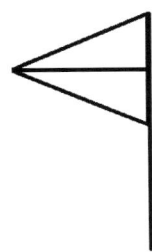

—¡La marca es un banderín! ¡Volvamos rápido al museo!

Irati necesitaba más. Mucho más. Por eso tenía tanta prisa que tiró de él.

—Vale, pero antes deja que me pegue una ducha.

Y no entendió por qué Irati empezó a reírse.

24
El gran banquete

Le Mans, octubre de 1216

Tal vez Berenguela había conseguido Le Mans, pero Juan todavía le debía la indemnización de viudedad que Ricardo había dejado para ella. Y aquello incluía los pagos atrasados.

Durante años, Berenguela había mantenido correspondencia con el papa y este, a su vez, con el rey de Inglaterra. Pero todos los esfuerzos habían sido en vano. Berenguela seguía sin cobrar su dote.

Por eso aquella mañana a finales de octubre de 1216, cuando recibió la carta, Berenguela no se aferraba a la esperanza. Empezó a leer y le cambió la cara.

—¿Os encontráis bien, mi señora? —se inquietó su doncella.

Berenguela dobló el sobre y lo recolocó en su regazo. Cuando por fin fue capaz de asimilar la noticia, alzó la cara y miró a su doncella.

—Es un mensaje de Inglaterra —dijo en tono pausado y cerrando los ojos—. El rey Juan ha muerto. —Berenguela se volvió a quedar en silencio y la doncella se le acercó. Aquello no le sorprendía. Pero sí lo que diría a continuación—: Su hijo, Enrique III, que le sucederá, está dispuesto a saldar la deuda pendiente que tienen conmigo. ¿Te lo puedes creer? ¡Cuatro mil quinientas libras esterlinas!

La doncella soltó una carcajada y la abrazó como se abraza a una vieja amiga. Los años de presión, por fin, veían sus frutos.

—Me alegro muchísimo por vos, mi señora —dijo y le sonrió de nuevo—. Con eso quedaría saldada la deuda, ¿no es así?

—No. Solo una cosa más —respondió Berenguela convencida—. Pediré a su majestad un salvoconducto para visitar a mi familia en Navarra[13]. ¿Me acompañaríais?

—¿¡De verdad!? —Y una sonrisa afloró en los labios de la doncella—. Nada me haría más feliz.

Navarra, 1219

Berenguela había vuelto al reino de Navarra y en su cabeza llevaba la corona. Su presencia resultaba majestuosa. Como una diosa, iba vestida de azul y llevaba una larga capa roja que le colgaba de los hombros.

La gente gritaba su nombre a su paso y su séquito la seguía a todas partes. Tudela se había llenado de colores y se convertía en el escenario de una enorme fiesta. Estar de vuelta era como flotar en un sueño.

Al llegar junto a sus hermanos, se arrodilló ante ellos. Sancho, con su barba, como siempre. De alguna manera, parecía más duro y se había convertido en un héroe tras las Navas de Tolosa. Y su hermana Blanca, que también se había desplazado para la ocasión, era más tranquila y segura de sí misma. Nada la intimidaba y con-

---

[13] En 1219 el rey Enrique III notificó en un documento que se le había otorgado un salvoconducto a la «reina Berenguela y a todos los que pudiera llevar consigo de viaje a través de los territorios de Poitou y Gascuña hacia Navarra, tanto para partir como para regresar». Se desconoce si el viaje llegó a realizarse.

servaba intactos los modales exquisitos y una apariencia protectora que siempre les hacía sentir reconfortados.

«Qué diferentes habrían sido nuestras vidas si nunca nos hubiéramos separado», pensó Berenguela. Durante años había sentido la necesidad de salir corriendo hasta Navarra solo para darles un abrazo. Pero ahora que los tenía delante echaba de menos a sus padres, se recordó con tristeza.

Se organizó un gran banquete en honor de Berenguela. ¡Había tanto por celebrar! El suelo del castillo había sido cubierto por alfombras y de las paredes colgaban estandartes y tapices con el escudo de Navarra. Berenguela ocupó un asiento entre sus dos hermanos, cuando las mesas ya estaban abarrotadas de comida. Había comensales en el salón: vasallos, aliados de tierras lejanas, caballeros, nobles... Pero también había invitados en los patios.

Durante el banquete, Sancho puso al corriente a sus hermanas de cómo avanzaban las obras del templo que estaba construyendo —la actual catedral de Tudela, le aclaró Irati a Javi—. El proyecto lo había comenzado su padre y ahora él estaba orgulloso de los avances que se habían hecho durante su reinado.

—Tendrá una capilla donde quiero que reposen mis restos para la posteridad. En el altar mayor habrá una tumba de tamaño gigante y ahí me enterrarán junto a las cadenas de la batalla de Tolosa.

Javi e Irati recordaron el lugar de la catedral de Tudela y las piezas encajaron en su cabeza.

—Sancho quería que lo enterraran allí —soltó Javi.

—Pero la iglesia robó su cuerpo y se lo llevaron a Roncesva...

—¡Shhh!

El rey de Navarra seguía hablando:

—Mi otro gran proyecto va a ser el puente de Tudela, pero sigo buscando inspiración sobre cómo construirlo.

Berenguela entonces se quedó en silencio y, a continuación, se le ocurrió una idea que compartió con sus hermanos:

—Creo que sé cómo lo puedes hacer.

Y empezó a describir el puente que había en Chinon (Francia), que siempre le gustaba visitar. Construir uno parecido en Tudela significaría sentirse más cerca el uno del otro.

—Me parece buena idea —estuvo de acuerdo Sancho.

Mientras los hermanos organizaban su encuentro en Chinon, Berenguela se quitó la corona y la dejó al alcance de Javi e Irati.

Ambos se miraron como si pensaran lo mismo. Seguramente no tendrían una oportunidad mejor, pero ¿de verdad iban a ser capaces de robar la corona? ¡A la reina! «Mejor ellos que unos saqueadores». O, al menos, así se convencieron para hacerlo.

Javi se preparó mentalmente, dejando atrás sus pensamientos. El corazón le latía con fuerza mientras se acercaba a la reina con piernas temblorosas. Llegó incluso a resbalar por los nervios y sujetó la corona con fuerza antes de tirar. Respiró hondo y cerró los ojos para, finalmente, cogerla de la mesa.

El chico se fijó en cómo relucía y sintió una punzada de orgullo en el pecho. Emitía un resplandor cegador que le hacía sentir especial. Como un elegido para cambiar la historia. Pero también, emocionado por haber dejado salir su lado más intrépido. Tanto que no se paró a pensar en las consecuencias... El efecto sorpresa jugaba a su favor. Parecía fácil, pero no lo era. Y las cosas improvisadas no acostumbran a salir bien...

Poco les duró la alegría. Uno de los guardias, quien custodiaba la puerta, se fijó en la desaparición de la corona y en un camarero que pasaba por allí. Sin estar plenamente convencido, se lanzó a su cuello, hecho una furia, al grito de:

—¡Al ladrón! ¡El camarero ha robado la corona!

Se apagaron las risas y no se volvió a decir una palabra. El público seguía expectante la acción.

Lo apresaron al instante y ya se dirigían a las mazmorras, cuando el joven se atrevió a defenderse:

—¡No he robado nada! Registradme. —Su expresión oscilaba entre la vergüenza y el odio.

El salón estaba demasiado oscuro para valorar la cara de Berenguela, pero miraba la escena confundida. Desorientada, con expresión de no comprender, se fijó en el rostro del supuesto ladrón, casi llegando a memorizarlo. Mientras, Sancho, a su lado, más acostumbrado a los torneos que a los banquetes, seguía sin decir palabra y se preguntaba si era necesaria su intervención.

Irati se fijó en la corona que había dejado de brillar. No solo eso, también se había vuelto gris y los pedruscos que la adornaban empezaban a perder su color. Había que arreglar la situación a toda costa.

—¡Es más de lo mismo! —dijo al tiempo que se acercaba.

—¿Cómo?

Sabía que, poniendo una vida en juego, no iban a ser capaces de conseguir la corona. Se la arrebató de las manos a su amigo y la lanzó contra los pies de un guardia. Reapareció, de nuevo, en mitad de la multitud.

Y se oyó una voz entre el gentío:

—¡Mirad! Está ahí, en el suelo.

—Soltadlo, es culpa mía —salió en su defensa la reina—. Se me cayó al suelo al agacharme —y lanzó una mirada al camarero para transmitirle seguridad.

Se produjo un gran alboroto cuando lo liberaron. El supuesto ladrón se retiró unos pasos y bajó la cabeza, como muestra de respeto hacia la reina.

—Por eso este encuentro no ha pasado a la historia —caviló Irati, atando cabos.

—¿Cómo dices? —preguntó Javi, que seguía pensativo.

—Se sabe que Berenguela pidió un salvoconducto para viajar a Navarra. Pero se desconoce si llegó a utilizarlo. Seguramente silenciaron el asunto para evitar la vergüenza por la desaparición de la corona.

—¡Ah! —repuso Javi, pero no parecía convencido.

No se quitaba de la cabeza la situación. El plan no había salido como imaginaban y no tenía ni idea de cómo recuperarla. Habían perdido una oportunidad valiosa y no sabían si se les presentaría otra. ¿Debían confeccionar un plan o dejarlo estar? Entonces se le hizo un nudo en el estómago. ¿Y si el plan del señor Anchorena no les permitía regresar hasta que recuperasen la corona?

Aquel escenario palaciego se alejó de sus ojos. Y Javi e Irati se limitaron a esperar.

25
La voluntad de la reina

Le Mans, 1230

No fue fácil fundar una abadía. Pero Berenguela disponía del talento, la perseverancia y ahora también del dinero necesario.

No sin dificultades, en mayo de 1230 los monjes se instalaron a vivir allí, junto con su primer abad.

—Estamos en la última etapa de la vida de Berenguela —informó Irati.

Habían aparecido en las dependencias de la reina. Estaban allí y se lo tomaron como una señal. De hecho, la corona estaba al alcance de su mano. Otra vez.

—Estamos en 1230 y es el momento de volver a intentarlo. No habrá oportunidad mejor. Así lo apuntó el señor Anchorena en su diario.

Sin embargo, allí no había ni rastro del viajero del tiempo. ¿Habría muerto en mitad de su aventura? ¿Correrían ellos la misma suerte si no eran capaces de recuperar la corona?

Javi se llenó de fuerza y estiró un dedo, dispuesto a tocarla. La belleza de la pieza era hipnótica. Tenía incrustaciones de rubíes, esmeraldas y zafiros por toda su circunferencia.

Apenas la había rozado con un dedo, la corona dio un fuerte tirón que impactó contra el suelo. ¡Bum! Primero saltó por los aires y, a continuación, Javi experimentó una descarga que recorrió todo su cuerpo.

Los dos se quedaron boquiabiertos por el asombro. Las veces anteriores habían regresado por el simple roce de algún objeto determinado, pero si ahora ese objeto era la corona, no podían ni siquiera tocarla.

—¿Qué vamos a hacer ahora? ¿Cómo regresaremos?

Se tomaron un tiempo para estudiar la situación, hasta que una voz tintineante y suave les llevó a mirar hacia la puerta.

Berenguela entraba acompañada por el primer abad. La reina tenía un aspecto delicado, pero, al mismo tiempo, fuerte. Y, aunque su rostro parecía un mapa por las líneas que lo surcaban, todavía conservaba la belleza. Llevaba un vestido claro con hilo plateado, semejante a su cabello. Y por fin parecía feliz de que la paz hubiera vuelto al lugar que consideraba su casa.

—Sabes que fundar esta abadía ha sido mi sueño durante los últimos años —explicaba la reina—. Tiene la ubicación y el tamaño perfectos. Está cerca del río. No imagino un lugar mejor para terminar mis días... Pero comprar las tierras a los terratenientes locales, adquirir los derechos de diezmo, ha sido un desembolso considerable. No sé si con el dinero que nos queda podréis hacer frente a los gastos que vendrán cuando yo no esté. Recuerda que para mí es importante que se mantengan las donaciones a las personas con menos recursos.

Irati sintió que Berenguela la miraba por primera vez. Y solo podía significar una cosa: esa era la voluntad de la reina. No podía dejar de observarla, y la reina le dedicó una sonrisa sutil pero clara, que le hizo sentir extraña.

Entonces el abad habló y todo volvió a la normalidad:

—¿Qué habéis pensado, mi señora?

—Mis bienes —contestó la reina. Su expresión era de preocupación mientras se agachaba para recoger del suelo la corona y la volvía a depositar con firmeza y sin impedimentos sobre la mesa—. Cuando ya no esté, no me servirán de nada. En cambio, si los vendo...

—Pero, señora —el abad parecía asustado con aquella revelación—, ¡la corona es el símbolo de la nación! —continuó diciendo—. ¡Su valor es incalculable! El reino no lo aprobaría.

Berenguela entonces dibujó una mueca semejante a una sonrisa.

—Entonces, que me entierren con ella —añadió rotunda—. Te doy mi permiso para recuperarla esa misma noche.

El abad la observaba con cara de incomprensión. Estupor.

—Cuando has vivido tanto como yo —continuó Berenguela—, dejas de darles importancia a cosas materiales.

Era evidente que la reina había meditado sobre ello. Se había pasado la vida buscando convertirse en la versión perfecta de la hija, la hermana, la esposa, la reina, la nuera e incluso la madre que nunca había llegado a ser. Pero ya se había desprendido de todas las máscaras. Ahora solo quería ser ella misma: Berenguela de Navarra. Y solo obedecía a su corazón.

Al poner en palabras sus pensamientos, sintió una oleada cálida que le recorrió el cuerpo. Como una sensación de bienestar profundo tras la certeza de haber encontrado un objetivo. Y ahí se detuvo. Como cuando llegas a la última página y sabes que la historia ha quedado cerrada y perfecta. No quedaban más cabos por atar.

Los últimos años los había dedicado a dejar sus asuntos en orden. Sin duda, Berenguela demostraba una vez más ser digna del nombre de reina. Y a los chicos eso les daba una gran lección.

Los pensamientos les golpearon en la cabeza como piedras. Habían llegado a la última etapa con las instrucciones bien aprendidas. De una forma u otra, se sentían lejos de su hogar. La época en la que habían nacido... Tenían la impresión de llevar allí atrapados años. ¿Serían capaces de volver?

Irati se puso en pie. El corazón le latía deprisa. Pero si aquel era el final, estaba dispuesta a disfrutarlo.

—Vamos a ver la abadía —dijo en un arrebato.

—Pero ¿y la corona? ¡Necesitamos un objeto para volver! —preguntó Javi, titubeante. Parecía mareado, casi a punto de vomitar.

—No podemos hacer otra cosa. Ven —le respondió Irati, con la voz rota y enjugándose una lágrima.

Irati se movía sin saber adónde se dirigían. Era su instinto quien la guiaba. Y Javi, que la seguía con piernas temblorosas y muchas dudas en la cabeza, optó por no preguntarse más.

Al recorrer la abadía, se sentían como fantasmas. Bajaron al piso inferior y se asomaron a los jardines. Hasta ahora se habían creído unos privilegiados, pero ¿aquella aventura les había merecido la pena? Sí —se respondió Irati—, habían sido honestos y habían vivido como sentían.

Llegaron al bosque, que parecía sumido en el silencio. Un silencio sepulcral. Como si los árboles, al igual que ellos, contuviesen la respiración en espera de su destino.

Y el río surgió frente a ellos.

Se acercaron hasta la orilla y Javi empezó a recordar las excursiones que había vivido con sus padres.

No era fácil resignarse. Les horrorizaba la idea de vivir en el abismo, pero por alguna incomprensible razón sentían paz. Aquel lugar emanaba magia.

Irati cerró los ojos y se limitó a esperar. La hoja de un árbol cayó sobre su frente. La tierra húmeda, el agua en movimiento, todo seguía su curso. Pero ellos estaban atrapados. ¿Sería ese su destino por toda la eternidad?

Abrió los ojos y miró alrededor. Estaban en un lugar sagrado, lleno de vida, que parecía decirles una cosa: «Todo está sucediendo como dicta el destino». Y, tras ese momento mágico, el agua empezó a moverse y la luz a clarear. También el aire era distinto.

Enseguida, Irati comprendió lo que pasaba, llegando incluso a sonreír. ¿Y si había esperanza para ellos?

26
Un lugar seguro

Tudela, 1995

Javi abrió los ojos y todo estaba en oscuridad. Se encontraban de vuelta en la gruta de acceso al museo y no entendían nada.

Al mirar a su alrededor, fueron recuperando la calma poco a poco. Y cuando por fin fueron conscientes de que estaban a salvo, la euforia se apoderó de ellos.

Habían sido muy valientes al renunciar a la corona. Y eso precisamente es lo que les había traído de vuelta.

—Pero ¿cómo? —empezó a decir Javi, sin ser capaz de expresar su asombro.

«A veces basta con hacer las cosas bien y confiar en lo que vendrá», recapacitó Irati, muy animada.

Por un momento, no lo habían visto así. Pero, una vez pasado el mal trago, todo se veía con claridad. Sin pensárselo dos veces, Irati tiró de Javi para salir de la gruta.

Se abrió la puerta y vieron de espaldas a su padre. Él, que los oyó, lanzó un grito al aire:

—Javi, Irati, ¡venid! Acabamos de recibir carta del notario. ¡No os vais a creer lo que pone! El señor Anchorena está muerto y nos ha dejado en herencia el museo. ¡La casa!

El padre de Javi no quitaba ojo de encima a la carta, ni siquiera para mirarlos.

—Pero lo más sorprendente es que ni siquiera sabía que hubiera muerto. No entiendo nada y no sé cómo sentirme. ¿Por qué nos diría lo de los trescientos sesenta y cinco visitantes? ¿Tal vez para que nos esforzásemos más? ¿Por qué ahora la carta?

Javi e Irati cruzaron una mirada sin hablar. Comprendieron que, de alguna manera, el señor Anchorena lo había dejado todo preparado para que alguien siguiera los pasos de Berenguela. Pero ¿con qué fin? Ahora que sabían que no era para recuperar la corona...

—También ha dejado una nota de lo más extraña —continuó su padre—. Nos da las gracias por la labor que hemos hecho en reparar una injusticia del pasado. ¿A qué se referirá? —y se quedó pensando.

Javi e Irati veían todo desde una nueva perspectiva. Su verdadera misión siempre había sido la de conocer a la reina y compartir su legado con el mundo.

—Termina la carta dándonos las gracias y diciendo que, por fin, podrá descansar en paz. ¡De locos!

Javi entonces miró a su padre conmovido y sintiéndose culpable. Por supuesto que no sabía nada. Nada de nada. Había tanto que desconocía... Y él, su hijo, se lo había ocultado. Asaltado por un impulso repentino, lo abrazó como no recordaba haber hecho antes.

Sin duda, había mucho por contar, pero en ese momento Javi e Irati no eran capaces de hacer ni decir nada. Además, para un padre, seguramente aquello fuese demasiado.

El padre de Javi no podía parar quieto. ¡Había tanto por hacer ahora que sabía que el museo le pertenecía! Tantos papeles, tantos arreglos. Era como comenzar una nueva vida.

Dejando la carta en la mesa y a su hijo con un palmo de narices, salió de la sala y se dirigió a otra. Javi e Irati le oyeron hacer llamadas telefónicas.

Habían empezado a comprender, pero todavía les quedaban cabos por atar.

—Hay algo que no entiendo —expuso Javi—. Si el señor Anchorena está muerto, ¿cómo se las ha ingeniado para enviar justo ahora la carta? —se preguntó en voz alta.

Irati también tenía dudas por resolver, así que se le ocurrió volver al almacén de los secretos y buscar las respuestas.

De la última vez recordaba una caja con cuadernos. Fue directamente a ella y cogió el primero. Se sentó en el suelo y empezó a leer en voz baja.

—¡Ven, Javi! ¡Aquí está! —dijo en un grito.

Javi se sentó a su lado en el suelo, muy juntas las piernas, y empezaron a leer.

27
Fragmentos del diario de Oier Anchorena

Enero de 1965. Hoy he cumplido diez años y me han regalado este diario.

Mayo de 1965. Ayer jugué todo el día con Ana. Es tan simpática que jugaría siempre con ella.

Septiembre de 1965. Hola, hoy estoy triste porque Ana se burló de mí en clase y les dijo a todos que quiero ser su novio.

Abril de 1966. Papá, mamá y yo pasamos mucho tiempo en el museo. Para divertirme, he empezado a leer los documentos que voy encontrando y he descubierto una reina de Inglaterra que fue de Tudela. Se lo he dicho a los mayores, pero no me creen. Se han reído de mí.

Diciembre de 1966. Aunque nadie me cree, sigo buscando información de la reina. Nunca encuentro casi nada. Mi abuela dice que no hay que rendirse, así que he pensado que, cuando sea mayor, haré viajes en el tiempo para conocerla yo mismo y hacerle un montón de preguntas.

Marzo de 1974. Ni me acordaba de que tenía este diario. ¡Qué ilusión me ha hecho encontrarlo! Me he reído. Ahora que vuelvo a tenerlo, pienso seguir escribiendo. Nunca he dejado de buscar información sobre Berenguela, pero, por desgracia, hay pocos avances. Resulta frustrante que alguien tan notorio haya pasado desapercibido por la historia.

Abril de 1974. Acabo de caer en la cuenta de que no me había presentado. Mi nombre es Oier Anchorena y vivo con mi familia en Bilbao, pero mi sitio favorito en el mundo es el museo que tenemos en Tudela. Entre reliquias, cuadros, tesoros y otras antiguallas me siento como en casa.

Mayo de 1974. Pronto haré el servicio militar y me apetece tanto como comer huevos podridos... ¡Hasta la próxima, querido diario!

Diciembre de 1975. Por fin he vuelto. Nunca se me había hecho algo tan largo y pesado. ¡Año y medio he estado en la mili! Para ser honestos, lo único bueno ha sido conocer a Fetén, un caballo alazán precioso, a quien todos temen y con quien enseguida hice buenas migas. Un día, incluso, mientras me buscaban para arrestarme por haberme escaqueado de hacer la comida, me escondí con él, en su cuadra y, ¿te lo puedes creer?, a nadie se le ocurrió buscarme allí. Lo tachaban de peligroso, pero solo porque no se paraban a entenderlo. Le echo tantísimo de menos.

Enero de 1976. Querido diario, a decir verdad, Fetén no fue mi único amigo en el servicio militar. Allí también conocí a Luis y tal vez sea el único amigo que he tenido en la vida. Si no te había hablado antes de él es porque en el fondo me da vergüenza reconocerlo. No tengo amigos y siempre se han burlado de mí. Pero he pensado que ya no me da miedo ni vergüenza. Hay cosas que yo tengo y otros no. Como mi amistad con Fetén. Una amistad así es difícil de superar. Más auténtica. De esas que nunca se olvidan.

Febrero de 1976. ¡Ah! También soy de familia adinerada. He pensado que, si en la mili lo supieran, seguramente querrían ser mis amigos. Pero no los necesito. ¿Para qué? Siempre he sabido entretenerme yo solo. Lo que me recuerda que hace siglos que no investigo sobre la reina, ¡seguramente sea el momento de retomar el tema!

Marzo de 1976. No sé cómo empezar a decir esto, llevo días llorando, desde que me enteré... Querido diario, esta semana, de casualidad, me encontré por la calle con el teniente del servicio militar. Me contó que Fetén había fallecido justo el día en que me licencié.

Octubre de 1982. Hola. Llevo mucho tiempo sin escribirte, demasiado. Pero eso no significa que haya estado parado. Volví a retomar el tema de la reina, aunque sigue siendo igual de frustrante la falta de información. Ojalá una máquina del tiempo me lleve a conocerla. Le haría tantas preguntas.

Noviembre de 1982. Ahora que mi padre está a punto de jubilarse —o eso dice, ya que yo no me lo creo—, cuando se retire y deje en mis manos parte de las empresas, he pensado volver a contactar con Luis y ofrecerle un puesto de responsabilidad en el museo. ¿A que es buena idea?

Diciembre de 1982. Sigo sin superar la muerte de Fetén y, de alguna manera, me siento responsable. Qué tontería más grande, ¿verdad?

Justo en ese punto, la tinta volvía a estar emborronada, como si hubiera vuelto a llorar.

Febrero de 1983. No era un farol. Mi padre se ha jubilado y, para mi sorpresa, también ha dejado las empresas a mi nombre. Pero, ¿sabes?, no estoy interesado en gestionarlas. De momento, sigo concentrado en un proyecto de alto secreto que tengo entre manos. Pronto espero poder contarte más. ¡Por fin vuelvo a estar ilusionado por algo! ¡Hasta la próxima, diario!

Junio de 1983. «Aunque no existe evidencia experimental del viaje en el tiempo, sí existen razones teóricas importantes para considerar posible la existencia de cierto tipo de viaje a través del tiempo» o «Un aspecto comprobado experimentalmente de la teoría de la relatividad es que viajar a velocidades cercanas a la velocidad de la luz ocasiona una dilatación del tiempo, por la cual el tiempo de un individuo que viaja a esa velocidad corre más lentamente». ¡Todavía hay esperanza!

Julio de 1983. ¡No soy el único! ¡Tampoco estoy loco! Acabo de leer esta noticia en prensa: «Agencia norteamericana consigue viajar en el tiempo gracias a un cilindro rotatorio gigantesco. Ha sido el reconocido físico teórico Adam Omega Tripler quien ha llevado a cabo tal experimento en Luisiana. Afirma que es posible llevarlo a cabo mediante la atracción de la luz y todo tipo de materia en una trayectoria en forma de bucle cerrado, conocida como curva cerrada de tipo tiempo».

Agosto de 1983. He decidido que voy a intentarlo. Pienso contratar al físico norteamericano del que te hablé y voy a repetir su experimento. ¿Para qué quiero el dinero de mi padre, si no?

Octubre de 1983. Cuarzo, ópalo, amatista, ágata, zafiro, kunzita, perlas... ¡Y muchas más! Ayer llegó el primer cargamento y todas son necesarias para producir la gravedad y las reacciones químicas que necesitamos. ¡Ya estamos un paso más cerca!

Septiembre de 1986. Últimamente he estado muy ocupado y por eso no te había vuelto a escribir. El primer intento de viaje en el tiempo fue el mes pasado y no funcionó.

Marzo de 1987. Adam y yo hemos seguido investigando. Tengo una teoría, aunque tal vez pueda ser descabellada. Adam me contó que en el primer viaje en el tiempo que hicieron y sí funcionó, la mujer había visitado a un familiar suyo que llevaba años muerto. Ya tengo mi siguiente objetivo: encontrar un descendiente de la dinastía Jimena o, lo que es lo mismo, ¡un descendiente con vida de la familia de Berenguela!

Febrero de 1988. Llevo casi un año con el tema, pero ¡por fin lo he encontrado! ¡Tenemos en nuestro equipo a un descendiente de la reina! Más concretamente, de la hermana de Berenguela. Por respeto a dicha persona, no incluiré su nombre, pero, por una considerable cantidad de dinero, está dispuesto a intentar el viaje en el tiempo con nosotros.

Mayo de 1990. ¡Lo hemos conseguido! ¡Por fin he conocido a Berenguela! Y pronto espero poder contarte más. ¡Mucho más!

Septiembre de 1992. Un día me preguntaron si nunca había estado enamorado. ¿Por qué dan por hecho que solo hay un tipo de amor? Yo he decidido dedicar mi vida a alguien y no me arrepiento de haberlo hecho. ¿Qué mayor forma de amor puede haber que dedicar nuestro tiempo a otra persona?

Octubre de 1992. Cuanto más conozco a la reina, más realizado me siento y más en sintonía estoy con ella. En realidad, nunca hemos hablado. Adam dice que no es posible. Pero solo con verla ya me produce escalofríos.

Noviembre de 1993. Vuelvo a estar deprimido. ¿Por qué tan mala noticia justo ahora? Cuando estábamos a punto de culminar la misión. Estoy enfermo y no tiene cura. Adiós, querido diario.

Diciembre de 1993. Adam me ha sugerido algo imposible, descabellado, ¿o tal vez no?: ¡que viva en el pasado! Aunque todavía no he tomado una decisión. ¿Cuándo?, ¿dónde?, ¿en qué época? Y, sobre todo, ¿para qué? ¿Qué sentido tendría?

Enero de 1994. Hola, solo quería pasar a saludar. Sigo vivo y espero poder escribirte algún mes más.

Marzo de 1994. Que no haya podido culminar mi misión no significa que nadie pueda hacerlo. Voy a dejar mis asuntos en orden antes de irme. Todo está dispuesto para que un trabajador de mi padre sea mi asistente y se encargue de contactar con mi amigo Luis para dejarle como encargado del museo. ¿Qué menos puedo hacer por él? Con lo bien que me trató en su día. Seguramente debería haberlo hecho hace tiempo, pero he estado demasiado ocupado. Además, sé de buena tinta que Luis no pasa por un buen momento. Espero que el museo suponga el impulso de motivación que tanto necesita.

Abril de 1994. Me queda otro asunto pendiente por resolver, pero creo que he encontrado la solución. Mi asistente se encargará de contactar con la hija del descendiente de Berenguela, que ya me acompañó en otro viaje a conocer a la reina. Su hija pronto cumplirá once años y, si es tan dispuesta y astuta como su padre, seguro que por fin culminan la misión.

Javi miró a Irati y vio que estaba a punto de llorar. Le dio un abrazo fuerte y ella dijo:

—Recibí una invitación personalizada cuando inaugurasteis el museo, pero no me planteé más allá.

De la misma manera, Javi también comprendió por qué los padres de Irati habían dejado su trabajo justo antes de mudarse a una casa más grande.

En aquel momento, Irati se soltó de los brazos de Javi y continuó leyendo:

> **Mayo de 1994.** Mi asistente, experto en marcas de cantero, ha ideado un plan irresistible para seguir los pasos de la reina. Una niña de once años no lo dejará pasar. Espero que no se arrepienta nunca de haberlo hecho y, algún día, pueda dar a conocer al mundo la vida de Berenguela. Además, si lo hace, ¡mi asistente se encargará de obsequiarle con una buena cantidad de dinero!
>
> **Octubre de 1994.** Todo ha quedado organizado y dispuesto, querido diario. Gracias por estos años de compañía y confidencias. Has sido amigo y desahogo. Aunque seguramente esta sea la última vez que te escriba. Me da lástima lo que dejo atrás, pero no tengo miedo. Ya no. Confío plenamente en mi asistente y en cómo gestionará mis asuntos cuando ya no esté. De esta vida solo lamento el no haber culminado la misión que empecé y, sobre todo, el no haber podido pasar más tiempo junto a Fetén. En definitiva, mis dos grandes amores: un caballo salvaje y una reina olvidada.

Epílogo
Dama del tiempo

Le Mans, 2030

Hace años que pasó todo eso. Pero es así, más o menos, como lo recuerdo.

Javi y yo no nos volvimos a separar. Incluso a día de hoy, años después, seguimos siendo amigos. Los mejores amigos. ¡Mucho más que eso!

Javi ahora trabaja como profesor de Ciencias Naturales en un instituto de Tudela. Y yo nunca he dejado de leer ni de escribir. Ahora mis propios libros.

Este que tienes entre tus manos cuenta de forma más o menos realista lo que vivimos el año que nos conocimos, 1995. Para que el mundo recuerde a una gran mujer de nuestra ciudad, que, por alguna razón, la gente se ha empeñado en olvidar.

Para que las futuras generaciones puedan conocer quién fue Berenguela y por qué merece la pena que sea recordada.

De Berenguela aprendimos muchas cosas, como que era una dama del tiempo. Y dirás, ¿cómo es posible? Pues bien, lo era porque solo a él —al tiempo— nadie le ha vencido todavía.

Nos enseñó que ser pacientes significa saber que un día sucederá. Y, sin duda, ese día llegó para ella. Por eso nunca se dejó vencer. Por eso sobrevivió a circunstancias muy duras de guerra, a la soledad, a Leonor de Aquitania o Juan Sin Tierra, incluso a veinte años de lucha para recibir su herencia.

Por suerte, Berenguela tiene hoy más relevancia que nunca. Tanto en Tudela como en Le Mans, donde dos calles principales —una en cada una— lleva su nombre. Se han publicado varios libros sobre ella y pronto será el aniversario de su muerte.

Por eso estamos hoy aquí, en Le Mans, Javi y yo, acompañados por Leire y Mikel, dos niños tan curiosos como nosotros, que hace años nos acompañan en esta nueva aventura que vivimos. Por fin hemos venido a visitar el mausoleo de la reina, años después, a recordarla como se merece.

Y es que la historia que te he contado estaría incompleta sin esta última parte.

Hace poco visitamos en Tudela, nuestra ciudad, la iglesia de San Nicolás, de donde Berenguela era feligresa y una placa la recuerda para siempre. Por supuesto, nuestro siguiente gran viaje pendiente era venir a conocer su efigie en Le Mans.

¡Ah! Antes de irme, supongo que te alegrará saber que el padre de Javi todavía regenta el museo en la calle Rotrón del Perche de Tudela, con mucho éxito. Y es que, como él mismo dice, no se jubila porque para él no es un trabajo, sino su pasión.

Como dato curioso, el primer año no se consiguió el supuesto objetivo de trescientos sesenta y cinco visitantes. Pero ¡el segundo se alcanzaron más de mil! Lo que demuestra la importancia de no tirar la toalla. A todo esto, una sala en el museo alberga los objetos que trajimos del pasado. ¿Qué sentido tienen si no es para compartirlos con el mundo?

Gracias a Berenguela, aprendimos muchas cosas. Las más importantes: la amistad o nuestra propia libertad. Cosas que antes no apreciábamos y, gracias a Berenguela, aprendimos a valorar.

Y ahora me despido de vosotros con cierta prisa, ya que Leire y Mikel se han vuelto a perder. O, más bien, a despistar por la abadía. Siempre andan en busca de nuevas aventuras. Y me pregunto, ¿detrás de qué andarán esta vez? Pero claro, qué voy a decir yo. Tienen a quien parecerse...

Nota de la autora

Todas las referencias a elementos arquitectónicos, marcas de cantero y lugares de Tudela son reales. Igualmente, este libro se apoya en personas y acontecimientos históricos auténticos para construir una ficción.

Mi objetivo con este libro ha sido dar a conocer la vida de Berenguela de Navarra. Pero para ello me he permitido ciertas licencias literarias en lo que respecta a la vida de la reina.

Agradecimientos

Si no fuera por mi padre, seguramente nunca habría escrito este libro. Él es el experto berengueliano. Así que gracias por el entusiasmo y conocimiento que has puesto en la causa de esta reina olvidada.

Respecto a las marcas de cantero, José María de la Osa —otro apasionado de nuestra ciudad— ha sido mi mayor mentor. ¡Gracias por nuestra expedición buscando marcas de cantero!

No me olvido del viaje que hicimos en el 2022 a Francia para seguir los pasos de la reina, y nos llevó a descubrir lugares increíbles, llenos de historia, como Le Mans o Fontevrault. Además de volver cargada de información, también me atendieron de maravilla en la abadía de l'Épau. Por eso espero que este humilde *merci* que les mando pueda llegarles algún día.

Gracias a Manuel Sagastibelza, por poner a mi alcance tanta información y por hacer que el mundo recuerde a Berenguela.

Voy con mi familia: gracias a Álvaro, por construir el futuro juntos. Gracias a mi madre y a mi hermana, que siempre están ahí, apoyando y animándome para que no tire la toalla.

Mis dos asesores literarios siguen siendo Pepe Alfaro y mi amiga Leticia. Les agradezco que se involucren en este proyecto, pensando siempre en cómo mejorarlo. Frase a frase, palabra a palabra.

Detrás de las ilustraciones de este libro está el talento de Elena Go.

Me gustaría hacer una mención especial al Centro Miguel Sánchez Montes por la labor cultural que hace en Tudela. En este caso, me centraré en sus espectaculares gigantes, concretamente en el de Berenguela, en el cual nos hemos basado para hacer las ilustraciones de este libro.

Gracias siempre a mis amigas Diana, Laeti, Leti, Raquel, Marta. Y, por supuesto, al resto de mi familia.

Por último, pero no menos importante, gracias a todos los lectores de mis libros, a los que me han apoyado de una forma u otra a lo largo de los años. Y, gracias a quien, leyéndose este último, contribuye a que Berenguela no sea nunca más una reina olvidada.

Anexos

Para las ilustraciones de Berenguela nos hemos basado en la giganta realizada por Aitor Calleja, por encargo de la comparsa de gigantes Perrinche del Centro Cultural Miguel Sánchez Montes de Tudela.
Para más información, consultar su página web:
https://constructordegigantes.com/gigantes-propios/berenguela-de-navarra/

Iglesia de San Nicolás de Tudela, de donde Berenguela era feligresa, y una placa la recuerda para siempre.

Marcas de cantero
Tudela (Navarra)

Capítulo 5 Llave al pasado
Marca de cantero en Iglesia de la Magdalena (Tudela)

 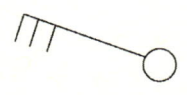

Capítulo 12 La puerta de los tres herrajes
Marca de cantero en Catedral de Tudela

 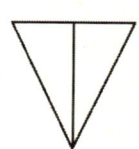

Llave gigante colgada en la catedral de Tudela

Imagen propiedad de la página web
https://ciudadtudela.com

Puerta con tres herrajes en catedral de Tudela

Capítulo 23 Puente sobre el río Ebro

Alcantarilla en puente sobre río Ebro (Tudela)

Marca de cantero en segundo arco, puente sobre río Ebro (Tudela)